I0654955

Mémoires d'Hizaion
Tome 2 : Le Pacte dc la Sorcière Rouge

Mentions Légales

Première impression : Décembre 2018

ISBN 978-2-9552200-8-5

Chapitre 1

L'obscurité. Des cendres. Le ciel craquelé d'ombres sanguinolentes pleurait des cendres. Mais où était Lyandre, bon sang ?! Andraste chercha à percer les ténèbres qui la cernaient et se risqua à l'appeler. Elle devina des murs de pierre de l'ancienne enceinte devant elle et, se redressant à moitié, tâtonnant, elle s'approcha du mur. Elle se rendit compte de la brume qui rampait sur le sol, maintenait l'atmosphère humide et cotonneuse. La cité semblait déserte ce soir. Elle se colla davantage contre le mur et appela encore l'elfe. Sa voix lui parut assourdissante dans le noir.

Elle, l'insoumise à la discipline de la Caste des prêtres, avait été accusée de trahison lors de la cérémonie d'initiation. N'écoutant que son orgueil, elle avait abandonné la sécurité relative de la forêt d'Etheldrede et sa voie toute tracée dans la Caste, pour traverser l'Azur, la frontière magique, en espérant rallier une résistance contre Faraoh, le tyran, avançant masqué depuis le début. Depuis le début du conflit entre la Caste et le nouvel ordre de société prôné par Faraoh, ancien ministre et maître à présent des terres d'Hizaion, c'était Lyandre, l'elfe allié qui lui avait montré comment passer de l'autre côté, en appliquant son médaillon magique contre la frontière.

Ils n'avaient pas prévu que l'Azur les séparerait. Un chaton perdu n'aurait pas eu plus repères qu'elle. Elle se sentait en colère contre lui, contre elle-même. Que devait-elle faire à présent ? Partir ? Attendre ? Il n'était peut-être pas très loin... Elle entendit au loin une sirène qui sifflait : la milice ! Ils surveillaient sans aucun doute la frontière et les avaient repérés. Peut-être était-il déjà capturé ? Elle constata qu'elle avait encore sa besace, avec ses cristaux, son carnet, mais... l'épée ? L'épée de Lyandre avait disparu !

Andraste rejeta ses cheveux fous blonds en arrière, et choisit d'aller de l'avant. Elle longea le mur, étalant sa paume sur les pierres humides. Elle marcha, marcha, et soudain, sentit le vide sous sa main. Elle ne comprenait pas. Pourquoi n'y avait-il personne dans cette partie de la cité ? Elle s'arrêta, cherchant dans le vide, comme une aveugle titubante. C'était une rue. L'avantage était qu'elle l'éloignait immédiatement de l'Azur, qu'inspectait sûrement déjà la milice. Mais où allait-elle ? Andraste se hissa sur la pointe des pieds, tout en sachant pertinemment qu'elle n'y verrait rien dans cette purée de pois. Pourtant, elle laissa son regard longer le mur sur la droite, et elle comprit. Samatya était à moitié enterrée sous la cité de Renova. Samatya et ses murs, ses palais, ses anciennes habitations s'enfouissaient dans ce qui représentait les souterrains de la nouvelle ville de Faraoh.

Elle était venue pour tenter de contrer Faraoh. Elle devait donc s'en rapprocher au maximum. *Imani* lui avait rappelé Agaric. C'était le lieu qu'elle devait trouver. Mais pour l'heure, il lui fallait se mettre à l'abri dans un endroit où la milice ne devait pas s'aventurer souvent. Andraste choisit de s'engager dans la ruelle. Elle se refit l'inventaire de ses possessions pour se rassurer. Quelques vêtements, les cristaux reçus lors de son initiation, un bol en cuivre et un petit bâton, quelques herbes, sa trousse avec ses petits instruments de médecine. Son précieux médaillon collait contre sa poitrine battante et trempée de sueur.

Le monde se faisait silencieux. Un silence différent de celui de la forêt. Il n'y avait pas de vie ici. Si peu de hêka, cette force vitale qui irriguait n'importe quel élément dans la forêt d'Etheldrede. Mais pas ici. Point de hêka, point de magie. Le sol en terre battue s'essoufflait sous ses pieds sans mot dire. Bientôt, elle arriva à la limite de Renova. Faraoh avait fait recouvrir une bonne partie de Samatya par d'autres bâtiments. Une béance s'ouvrait devant elle. Elle pouvait sentir un air fétide circulant à travers le dédale des rues. Il y avait donc une autre sortie, une autre porte qui lui permettrait d'accéder peut-être au centre de la ville. Elle s'engouffra.

C'était un réseau de tunnels en terre battue. Elle n'avait pas de torche, et devait donc faire confiance à sa main et à ses yeux.

Elle marcha à peine quelques mètres lorsqu'elle sentit une lame sur sa gorge.

« Que vient faire une rebut par ici ? »

La voix du jeune homme venait à peine de muer, pourtant elle était dure comme l'acier qui la menaçait.

« Mon nom est Andraste, je suis apprentie de la Caste des prêtres.

— C'est bien ce que je dis. Une rebut. Que viens-tu faire ici ?

— Je suis perdue.

— Kyeudren, laisse tomber, on est tombés sur une demeurée.

— Même les demeurés ne s'aventurent pas dans la ville basse. On l'emmène. »

Andraste ne manifesta aucune protestation. La première voix était à peine plus jeune que le dénommé Kyeudren. Elle avait besoin d'informations sur ce monde, et elle comptait bien ne pas rester prisonnière très longtemps. Un vieux sac de jute sur la tête, ils marchèrent pendant quelques minutes. Andraste avait noté mentalement qu'ils avaient bifurqué sur la droite et monté sur une échelle. Mais au bout de quelques tournants, elle ne fut plus capable de dire s'ils étaient encore dans les entrailles de Renova ou dans les décombres de Samatya.

Kyeudren la poussa sans ménagement en avant et lui enleva le sac. Andraste cligna des yeux. Le plafond de la salle vaste et largement éclairée disparaissait dans les hauteurs. Ils étaient donc toujours sous Renova. Andraste put compter une trentaine de mètres entre le sol et ce qu'elle pouvait encore apercevoir du plafond. Des trous dans les murs laissaient voir quelques galeries. Des orifices d'où émergèrent des têtes curieuses. Andraste était stupéfaite.

« Si je suis une rebut…, vous êtes qui, vous ?

Des taupes ! » ricana l'un d'entre eux.

Kyeudren était un adolescent brun, aux traits fins mais durs taillés à la serpe. Il la fixait comme un chien devant une espèce à l'odeur inconnue, ne sachant s'il devait mordre ou taper dessus. Les têtes disparurent et la voûte résonna de la cavalcade des adolescents descendant l'escalier. Ils s'approchèrent avec curiosité, et un petit rouquin osa toucher le tissu de sa manche.

« C'est… blanc. »

Andraste resta interloquée devant cette observation. Elle remarqua alors leurs vêtements, gris ou noirs, tous rapiécés et troués. Leurs cheveux et leur peau étaient sales. Elle faisait figure de princesse légendaire dans son habit de cérémonie. Elle se pencha vers le petit garçon roux, mais Kyeudren la poussa sans ménagement dans une cavité sur la gauche.

« Assis, et tais-toi. »

Puis à l'adresse des autres : « On s'occupera d'elle plus tard. »

Le petit rouquin la regarda avec curiosité tandis que les autres se massaient devant Kyeudren au fond de la caverne.

« Bon rapport de la journée. Qui a pris quoi ? »

Un petit silence gêné suivit.

« Moi, j'ai pris un sac de pommes de terre, dit timidement un garçon d'une douzaine d'années.

— Quoi d'autre ? »

Le silence devint assourdissant.

« Swig va arriver et réclamer son tribut ! »

Andraste vit Kyeudren devenir aussi blanc que sa tenue.

« Nous devons trouver autre chose ! »

Un blond à l'air pataud la pointa du doigt :

« Et elle ? Swig nous laisserait tranquille pour quelque temps avec un tribut comme ça.

— Non !! hurla le petit rouquin.

— On ne verse pas d'humains. Que des objets ou denrées, ne t'inquiète pas, Jolas. »

Kyeudren l'attira contre sa jambe et lui caressa gentiment les cheveux.

« Tout le monde repart en expédition. Sauf vous deux et les petits. Vous la laissez attachée, compris ? Quoi qu'elle dise, quoi qu'elle fasse. »

Andraste s'assit complètement et observa ses deux geôliers qui ne devaient pas être plus âgés qu'elle. Il y avait un maigrichon qui l'observait en faisant tourner la lame de son couteau.

« Alors, comme ça, tu viens de la Caste ?

— Ne lui parle pas.

— Kyeudren n'a pas interdit de parler.

— Réponds.

— Oui, je viens de la Caste.

— Et comment c'est possible ? La Caste n'existe plus depuis plus de quarante années. S'il y a des survivants, ils se terrent. Et ils font bien de fermer leur gueule, si tu veux tout savoir. Les prêtres ne sont plus bienvenus depuis des décennies.

— Parce que des abrutis dans ton genre ont décrété qu'ils étaient mauvais ?

— Que… »

Le garçon se leva d'un bond pour lui sauter à la gorge, mais l'autre le retint.

« Et pourquoi tu n'es plus avec la Caste ? »

La jeune fille l'ignora et détourna le regard.

« Ouais. Pas la peine de faire la fière. T'es une rebut maintenant.

— Depuis combien de temps vivez-vous là ?

— Depuis toujours.

— Qui est Swig ?

— Un rebut aussi. On l'appelle "Swig le sans peau". Il nous assure une sorte de sécurité vis-à-vis de la milice qui mettrait bien la main sur nous. »

Andraste se tourna pour s'adosser contre le mur : comment s'échapper ? La réponse lui vint naturellement. La nuit serait propice. Rassurée par cette pensée, elle étira ses jambes endolories et se laissa glisser dans un demi-sommeil.

Elle fut réveillée par du mouvement dans la cave. Kyeudren et sa cohorte étaient revenus. Ils renversèrent le contenu de leur poche sur la table.

« Bon, qu'est-ce qu'on a ? Un jeu de dés, du tabac... Ça, Swig va apprécier. Et tout un tas de merdouilles. On a vraiment que dalle ce mois-ci. »

Kyeudren la regarda des pieds à la tête et ses yeux se fixèrent sur sa besace.

« Enlève tes vêtements.

— Quoi ?

— Enlève tes vêtements. On va vendre ça à Swig. Et donne ta besace aussi.

— Et je vais mettre quoi à la place ? »

Kyeudren lui donna des guenilles. Alors elle aussi, elle allait devenir couleur de cendre…

« Comme ça, tu te fondras dans la masse. »

Il tira un rideau sommaire et Andraste se changea à la hâte, pestant sur la perte du contenu de sa besace. Elle avait mis dans sa poche de cuir ses instruments de guérisseuse, quelques herbes, un peu de nourriture, un bol en cuivre et un bâton pour le frapper, ses cristaux, quelques vêtements. Ses cristaux et ses instruments étaient ce qui la liaient à la Caste. Comment utiliser la magie sans eux ? Elle se raidit lorsque trois coups retentirent contre un tuyau en cuivre.

« Alors mes moineaux ! Qu'est-ce que vous me rapportez ce mois-ci ? »

Andraste coula un regard entre le rideau et le mur. Les enfants étaient amassés devant deux individus immenses à la mine sombre et aux vêtements de cuir recousus de partout.

Kyeudren s'avança d'un pas mesuré. Sa besace et sa tenue avaient disparu.

« Salut, Rascal. Myrrko. »

Les dénommés Rascal et Myrrko dépassaient largement Kyeudren derrière lequel se massaient les enfants rebuts. Andraste observait depuis sa cachette. Le tissu gris lui râpait la peau, elle avait faim, et sentant ses sens en éveil, elle était prête à fuir. Elle retint sa respiration. Et si Rascal décidait de tous les tuer ? Quel sortilège pouvait-elle utiliser ? Cassandra, sa tutrice magicienne, lui avait transmis quelques sorts de défense, elle en avait d'ailleurs utilisé un contre les prêtres lors de son initiation… Mais attaquer avec la magie…, elle n'avait jamais rien tenté de tel… sauf contre Cassandra et Ferens, avec une décharge de hêka. Encore fallait-il pouvoir les approcher.

« Fais marcher ton cerveau, Andraste… »

Mais rien ne venait. Ses jambes tremblaient, elle dut se laisser aller contre le mur à sa droite.

« Par Aum, Lyra, si tu m'entends, fais que tout se passe bien. »

Mais tout dérapa.

« Qu'est-ce que tu as ce mois-ci ? J'espère que la récolte est bonne.

— On n'a pas grand-chose.

— Pas grand-chose ?

— Faut qu'on se nourrisse. Swig nous prend déjà tout !

— Bon, la même jérémiade chaque mois. Tu sais, Kyeudren, un chef agit. Il ne se plaint pas. »

Andraste, de sa cachette, entendit le son du cuir crisser sous la poigne de Rascal. Kyeudren tourna légèrement la tête et deux jeunes garçons déposèrent, fébriles et sans bruit, le tribut aux pieds de Rascal et de l'autre molosse au crâne luisant.

« Tu te fous de moi ?

— C'est tout ce qu'on a !

— On embarque le petit rouquin ! »

Kyeudren écarta les bras pour protéger sa meute, mais le sbire de Rascal le balaya d'un revers de la main et Kyeudren vola contre la paroi. Les enfants s'écrasèrent contre le mur au milieu de déchirants hurlements. Alors, Rascal hurla, crachant sur Kyeudren tremblant au sol.

« Estimez-vous heureux d'être encore là. Swig vous fait une faveur en vous laissant la liberté. »

Le silence s'abattit dans la cave au plafond vertigineux. Aucune tête ne pointait plus aux cavités, les enfants se terrant au fond des trous, dans l'espoir d'être oubliés. Andraste serra les poings, cherchant la bête en elle, celle qui s'était réveillée dans la forêt. Ce monstre que seul son médaillon semblait pouvoir contrôler. La bête, ce monstre pourrait les sauver. Mais rien ne se passait. Par Aum !! Elle ne se transformait pas !

Rascal continuait son sermon :

« Vous pourriez être tous, tous déjà enchaînés sous les ordres de la milice ou vendus ! »

Le petit roux, tenu par les cheveux, ne se débattait plus, le regard apeuré, dans le vide. Kyeudren le fixait, les yeux hagards, les lèvres blanches.

« On s'en va. »

Rascal allait se détourner lorsque Kyeudren murmura :

« J'ai autre chose. »

Rascal tourna la tête :

« Tu as intérêt à me montrer vite, tu m'as assez fait perdre de temps comme ça. »

Kyeudren se leva lui-même pour partir dans le fond du tunnel, et reparut en tenant la chemise d'Andraste, lueur d'espoir blanche extirpée des entrailles de Samatya.

Rascal, tenant toujours le petit rouquin par les cheveux, fit un pas, l'œil fixé maintenant sur le nouveau tribut.

« Le lin le plus pur, une relique inestimable.

— Où... où as-tu trouvé ça ?

— C'est une tenue des novices, la tenue traditionnelle de l'initiation. »

Andraste suivait avec attention le mouvement de Kyeudren.

« Bon... »

Rascal relâcha le petit roux et se passa la langue sur ses lèvres.

« On va faire affaire maintenant.

— Un an.

— Quoi ?

— Je veux un an de paix. Plus de tribut pendant un an.

— Tu m'as caché ça et tu crois que tu es en position de négocier, petit malin ? »

Les enfants retenaient leur souffle. Kyeudren se saisit de la tunique et s'apprêta à la déchirer brutalement.

« Non !! »

Rascal avait levé les deux mains, en signe d'apaisement.

« Ce truc vaut de l'or. L'or dans les banques. L'or des notables.

— Tu ne sais rien de ces choses-là, gamin.

— Je sais que si je vais chez Faris directement, il m'en donnera un bon prix, et m'offrira même un dîner.

— Personne ne traite avec Faris, sauf Swig.

— Personne n'est irremplaçable.

— D'accord, d'accord, on va négocier. Disons six mois.

— Un an.

— Tu as d'autres choses à me présenter ? »

Rascal jeta un coup d'œil vers le fond de la cave dans l'obscurité. Kyeudren regarda droit dans les yeux la montagne de muscles saillants qui le menaçait, et mentit :

« Rien d'autre.

— Alors, où l'as-tu trouvé ?

— Une rencontre. J'ai fait une rencontre intéressante.

— Et cette rencontre ? Elle va avoir lieu à nouveau ? »

Andraste sentit un picotement lui remonter la nuque.

« Non. C'est une pièce unique. »

Kyeudren tira un peu plus sur la chemise.

« Dommage pour les clients collectionneurs de Faris. Je vais faire baisser son prix de moitié.

— D'accord !

— Un an ?

— D'accord. »

Rascal tendit les mains, paumes ouvertes, et Kyeudren, après un regard silencieux, lui déposa la précieuse étoffe entre les mains. Rascal s'accorda un moment pour admirer la blancheur du costume. Andraste, soulagée, relâcha le pan de chemise qu'elle avait serré dans son poing. C'était finalement une bonne chose que d'avoir rencontré les enfants rebuts. Elle n'accordait plus d'importance à ce bout de tissu, qui appartenait maintenant au passé. C'était une ancienne peau dont elle se débarrassait volontiers.

« Bien.

— Voilà. Vous nous fichez la paix pendant un an.

— Je tiendrai parole, et Swig aussi. Mais… reste à régler une autre question. »

La tension remonta d'un cran dans l'atmosphère.

« Quelle question ?

— Où as-tu trouvé cette relique ? Qui te l'a donné ? »

Kyeudren ne cilla pas.

« Je te l'ai dit. Une rencontre, sur le présidium. Un homme.

— À quoi ressemblait-il ?

— Il portait une capuche.

— Tu me racontes pas de conneries quand même ? »

Rascal s'avança, les bras croisés.

« Non, Rascal. »

Le mercenaire à la solde de Swig croisa ses bras d'un air bonhomme et partit d'un grand éclat de rire. Kyeudren laissa sur ses lèvres s'étirer un mince sourire. Mais Andraste vit le poing de Rascal s'abattre sur le visage de Kyeudren.

« Le prends pas personnellement, gamin… »

Andraste réfléchissait à toute vitesse. Il allait le tuer, là, maintenant, sous les yeux des autres, pour l'exemple. Kyeudren mort, que deviendraient les autres enfants ?

« Mais si je te fais pas parler, Swig le fera lentement. Et sûrement. »

Kyeudren se releva péniblement, dévoilant l'os de son omoplate et les clavicules saillantes.

« Au prochain coup, il va le tuer », pensa Andraste.

Le jeune garçon, affamé et affaibli, leva les poings, dans un pathétique effort de défiance. Il était leur chef. Il les protégerait, coûte que coûte. Le filet de sang qui s'échappait de son nez fit frémir les enfants.

Rascal plissa les yeux. Sa voix se fit plus douce.

« Comme tu voudras. Mais toi, mort, qui va les protéger ces petits ?

— Moi. »

Rascal se retourna et découvrit une fille à la peau lisse, des yeux clairs et des cheveux blonds. Il resta muet de stupeur devant une telle blancheur qui avait disparu depuis longtemps dans Samatya. Rascal garda les yeux fixés sur elle une minute seulement. Il tourna lentement la tête, et d'un signe du menton, avisa Kyeudren :

« Un homme encapuchonné sur le présidium, hein ? Je savais bien que ce petit salopard me cachait des choses.

— Je viens avec vous et vous les laissez tranquilles.

— Tu vois ça, Myrrko ? Mais c'est ce que ces rebuts commencent à prendre un peu trop leurs aises, hein... Ils veulent tous négocier aujourd'hui ! »

Rascal leva la main pour attraper une mèche de cheveux, mais les mots que la novice murmura arrêtèrent net son geste :

« Je ne suis pas une rebut, je suis magicienne. »

Et elle murmura une incantation, si basse qu'un son imperceptible franchit ses lèvres. La terre battue s'éleva autour de

Rascal et de Myrrko. Médusés, ils allaient reculer, mais Andraste continuait de psalmodier, les yeux pleins de haine :

« Vous allez les laisser tranquilles. À vie. »

Rascal chancela, mais la terre montait en spirales jusqu'aux genoux, enserrant leurs jambes.

« Co… comment tu fais ça ? »

Andraste éleva les mains comme elle l'avait fait au bord de la rivière, en puisant dans son chagrin d'avoir tout perdu, elle laissa la haine et la colère remplir son cœur. La terre se solidifia alors. La cave s'emplit de murmures et d'exclamations. Kyeudren fixait Andraste, incrédule. Il voulait lui dire : « Ne fais pas ça, ne te sacrifie pas. Nous allons tous mourir de toute façon… »

Mais Andraste gardait les yeux chevillés à Rascal.

« Jure.

— Je le jure, par Aum.

— Les rebuts de ton espèce ne croient pas en Aum. Comment oses-tu prononcer son nom ? »

La terre se durcit encore, et Rascal grimaça, complètement immobilisé.

« Typique de la Caste des prêtres...

— Jure… sur ta propre tête ! »

Elle pouvait sentir ses mains brûler. C'était mal d'utiliser la magie pour cela, mais c'était mal de laisser Kyeudren et ces enfants mourir. La terre continuait de monter jusqu'à la taille, serrant toujours plus, se craquelant, dans une gangue étouffante.

« Jure-le.

— Très bien, je le jure... sur ma propre tête ! »

Andraste desserra les poings et relâcha toute tension en elle. Ses épaules s'affaissèrent, et la terre retomba en poussière. Andraste et Kyeudren échangèrent un regard silencieux avant qu'elle se détourne. Rascal la devança, un peu titubant au début, puis tentant de reprendre une allure digne. Myrrko, tenant toujours la précieuse tunique à bout de mains, la suivit dans le tunnel, et ils la ramenèrent dans les entrailles de Samatya.

Les enfants attendirent que l'écho de leurs pas se soit éteint pour hurler de joie. Libres. Ils étaient libres. Et la fille avait même laissé sa besace et son précieux contenu : de quoi payer quelques repas en attendant de meilleures rapines. Kyeudren s'essuya le menton de sa manche en se disant qu'il avait eu de la chance. Beaucoup plus qu'elle. Elle ne survivrait pas à Swig. Même si elle était forte pour une fille. Dommage.

Chapitre 2

« Qui est cette fille ?

— Vous avez vu ses cheveux ?

— Pourquoi la cendre ne l'a pas encore recouverte ?

— Vous avez vu la tunique ?

— Vous croyez que c'est à elle ? »

Andraste regardait droit devant elle, les mains liées devant, le menton haut. Elle sentait le regard de Rascal sur sa nuque. Ils traversèrent le présidium, l'ancienne place publique de Samatya, là même où Faraoh avait jadis tué un homme, offrant sa dépouille à la populace.

Le jour faible comme l'espoir pointait. Andraste ralentit devant les marches qui menaient à la demeure de Swig. Des mendiants aux yeux fous de faim se terraient, recroquevillés sur les bords, et ouvrirent de grands yeux immenses en voyant Andraste. Elle comprit alors le regard de Rascal. Ils avaient tous les cheveux noirs, gris, poisseux, la peau terne. La seule couleur était la lueur du soleil, qui se levait, jetant sur la façade du bâtiment à l'architecture datant du roi Sihar, un violent rougeoiement. La jeune fille regarda le linteau au-dessus de la porte, légèrement fissurée, et son ventre se serra de peur. Elle se retourna pour voir le soleil, et Rascal put admirer la couleur unique de l'iris, une couleur claire entre le bleu et le vert, il n'aurait su dire. Il la poussa sans ménagement et ils furent avalés par les ténèbres.

Elle fut frappée par l'odeur fétide qui pesait dans l'air. Mais c'est lorsqu'elle découvrit le maître des lieux qu'elle eut le cœur au bord des lèvres. Il trônait au fond de la salle, assis sur un large siège en bois, recouvert de peaux de bêtes. Les murs étaient nus, et la seule source de lumière était un puits de lumière creusant un trou dans le noir, jusqu'au crâne luisant de Swig. Un crâne rouge, à la peau craquelée, zébrée de cicatrices noires. C'était une montagne de chair sanguinolente. Rascal murmura, amusé :

« Je te présente Swig le sans peau, maître des lieux, et du présidium. »

Swig reposait précautionneusement une coupe finement ouvragée sur un plateau, tandis que des hommes d'âges divers sortaient de l'ombre pour observer le butin ramené par Rascal. Ce dernier s'avança vers Swig qui tourna doucement la tête afin d'écouter ce que son bras droit et mercenaire lui murmurait à voix basse. Rascal lui racontait-il son serment ? Le maître des lieux, à la chair si tirée qu'elle aurait pu s'ouvrir et craquer, n'en laissa rien paraître. Mais ses yeux brillèrent de satisfaction en voyant chatoyer la tunique finement brodée. Il l'effleura du bout des doigts tandis que Rascal continuait son chuchotement. Andraste sentit la peur la reprendre lorsque Myrrko la poussa un peu plus en avant…, mais lui, resta prudemment en arrière. Andraste pouvait presque entendre le craquement des lèvres de Swig quand il ouvrit la bouche pour parler :

« Le tribut mérite un moment d'attention… en privé. »

Les hommes sortirent en silence et Swig aboya :

« Alors, petite "magicienne", d'où viens-tu, et que viens-tu faire ici ? »

Andraste prit un moment pour respirer calmement.

« Je viens du sud, de Rosendal, et je suis venue faire affaire.

— Tu es au bon endroit pour faire affaire, petite. Je peux déjà vendre tes cheveux à prix d'or, à quelque riche femme qui voudrait une perruque.

— Très bien.

— Oh, mais ce n'est pas une négociation, vois-tu. Ici, tout s'achète, se vend, s'échange. Tu es une marchandise. Je fais de toi ce que je veux. Je pourrais te dépecer pour faire de toi une friandise. »

Andraste déglutit. Swig se leva et l'examina de bas en haut, en tournant lentement autour d'elle.

« Mais ça ne serait pas très rentable. »

La jeune fille regardait droit devant elle. Son cerveau ne fonctionnait plus, elle était tétanisée comme une souris devant un serpent qui l'hypnotisait. *Laisse-le parler et dévoiler ses cartes,* pensa-t-elle.

« Ou bien, je pourrais te vendre comme esclave à un notable. En général, les petits garçons se vendent mieux. Tu es un peu vieille. Mais robuste, et en bonne santé. Et ces cheveux... et cette peau... Tu me rapporterais une jolie somme. »

Par Aum et tous les dieux ! Si seulement je pouvais me transformer.

Swig approcha sa bouche fendue de son oreille.

« Et ce parfum..., tu sens le propre, le soin. Et si tu es, par je ne sais quel miracle, encore vierge, à toi seule, tu représentes une fortune... »

Andraste serra les dents et ne cilla pas.

Ne montre pas que tu as peur, ça l'exciterait encore plus.

« Mais Rascal me dit que tu es magicienne. Tu lui as fait un petit tour intéressant. Tu as d'autres choses à me montrer ?

— Peut-être. Et à vous enseigner... »

Il eût un râle d'excitation. Elle avait réussi à piquer au vif sa curiosité. Elle n'avait pas la moindre idée de ce qu'elle pourrait lui enseigner d'utile, mais tout d'abord : rester en vie le plus longtemps possible était le plus important.

« Oh... et que pourrais-tu m'enseigner ? »

Il fallait l'impressionner. Elle ferma les yeux, sentit le sol sous ses pieds. Très peu de hêka autour d'elle. La magie avait-elle vraiment quitté les lieux ? Elle se concentra sur son propre souffle et avait brusquement ouvert les yeux en disant :

« *Barnasa ! Leutyae ! Bucella !* »

Myrrko décolla du sol, fut projeté contre le mur, et retomba comme un vieux chiffon sur le sol.

« Bien. Tu as décidément plus de valeur que je ne le pensais. »

Myrrko se releva péniblement en se frottant les genoux, et grogna. Swig claqua sa langue contre son palais.

« Eh bien, nous allons pouvoir passer aux choses sérieuses. »

Rascal se détacha du mur et poussa une porte à gauche du trône, où Swig s'engagea d'une démarche plutôt souple. Mais comment avait-il pu devenir aussi affreux ? Myrrko lui fit un petit signe de tête, et Andraste les suivit, les poings toujours liés. Elle avait réussi à attiser sa curiosité, et à survivre... pour l'instant.

Mais que va-t-il faire quand il découvrira que je ne sais pas grand-chose d'utile ?

En passant la porte, Andraste crut halluciner : des vapeurs d'opium et d'autres plantes emplissaient la pièce, composée d'une enfilade de rideaux. Les tentures rouge sombre séparaient des espaces confinés. En traversant la pièce, elle compta mentalement au fur et à mesure que les rideaux rouges sombres défilaient : six nattes de chaque côté, séparés par six rideaux. Sur chaque natte, une personne allongée et nue se faisait frictionner d'une huile à la couleur douteuse. Certaines personnes pleuraient, d'autres se grattaient la peau et finissaient par se cambrer, pris d'une fièvre qui révulsait leurs yeux. Elles murmuraient alors un flot de mots inintelligibles à des personnes qui n'étaient pas là. Des drogués... mais Andraste ne reconnut pas l'odeur de la plante.

« Qu'est-ce que c'était ? » demanda Andraste une fois qu'ils eurent dépassé cette salle.

« Ah, chère enfant... Vois-tu, il y a plus rentable que les reliques. Le plus rentable, c'est le vide. Comblé par le marula entre autres. Tu dois connaître cette plante... on la mélange avec de l'opium et d'autres petites surprises. Mais l'ingrédient secret... c'est le vide.

— Le vide ?

— La plupart des gens qui vivent à Renova nous détestent. Pour les autres, il faut combler leur vide existentiel. Jusqu'à ce qu'ils finissent par se détester eux-mêmes. »

Elle sursauta en entendant un cri suraigu. Ils entrèrent alors dans une salle aux murs nus, excepté un meuble métallique où s'entassaient divers objets. Une table et deux chaises venaient compléter la décoration ainsi que deux chaînes pendant du plafond qu'elle ne pouvait distinguer. Andraste frissonna en voyant des pinces et des lames posées sur un linge sur la table. Mais ce qui attira son attention, ce fut un livre, impeccablement posé sur la table en métal.

« Alors petite magicienne, voyons si tu es aussi un peu sorcière. »

Il y avait là un seul livre, à la couverture rouge sombre, en cuir, un peu abîmée, et aux entrelacs travaillés. Sur la couverture se dressait l'image d'une femme nue tenant un croissant de lune.

Andraste reconnut immédiatement le grimoire d'une sorcière rouge. Les magiciennes pratiquant la magie blanche ne gardaient pas de grimoire personnel, mais augmentaient le savoir et les pratiques de la Caste en l'écrivant dans des manuscrits qui seraient disponibles au temple à Etheldrede, ou à Rosendal. Seules les sorcières rouges avaient choisi de garder leurs sortilèges secrets. Elle avait parfois pu entrevoir en haut de la bibliothèque de Cassandra certains de ces grimoires, mais sa tutrice l'avait réprimandé pour sa curiosité. Swig l'invita à s'approcher :

« C'est ancien. Cela date de l'ancien monde, mais a été remarquablement conservé. »

Elle tourna la première page du grimoire, et ouvrit la bouche, fascinée.

« Eh bien ? C'est un livre de magie n'est-ce pas ? »

Andraste avait le souffle coupé.

« Non. »

Swig le sans peau eut un rictus désagréable et un mouvement d'épaules, comme si quelque chose le gênait.

« C'est de la sorcellerie à l'état pur. De la magie noire. Même les sorcières rouges ne pratiquaient pas cette magie. Et les magiciennes de la Caste encore moins.

— Mais encore ?

— Où avez-vous trouvé ce livre ? »

Swig caressa de l'index le bord de la table.

« Je l'ai emprunté… à une amie.

— Et cette amie, à qui vous l'avez volé, elle ne vous a pas donné la traduction n'est-ce pas ?

— Et te voilà, envoyée par le destin, elle est pas belle la vie ?

— Ça va me prendre des jours pour vous traduire cela. »

Sa réponse déplut à Swig qui l'attrapa par le col, et la menaça :

« Eh bien, tu vas t'y mettre tout de suite dans ce cas. »

Elle hocha la tête en silence. Mais Swig ne la relâcha pas. Il saisit la chaîne autour de son cou qui avait brillé dans la pièce à peine éclairée. Il fixa le médaillon et brusquement le saisit dans son poing pour l'admirer de plus près.

« Tiens, tiens, de plus en plus intéressant… »

Andraste bredouilla.

« Ce n'est qu'un bijou de famille, un souvenir… »

Swig siffla entre ses dents et relâcha sa tunique, gardant le médaillon dans son poing, il attira le visage d'Andraste près du sien. Elle pouvait à présent voir la chair presque purulente et les deux fentes qui lui servaient de narine.

« Tu mens. Tu as d'autres choses qui vont m'être utiles, j'en suis sûr.

— Non, je vous jure, je n'ai que ça !

— Rascal ! »

Son sbire s'approcha tandis que Swig allait fouiller dans l'armoire métallique. Rascal attrapa une chaîne au plafond, et enserra ses deux poignets dans des fers. Lorsqu'elle comprit, il était trop tard. Rascal avait été plus rapide. Il tira d'un coup sec et elle se retrouva suspendue à un crochet. Il lui murmura :

« Tu l'as trop énervé et excité pour tout lui dire maintenant. Il te torturerait alors à mort. Je te conseille de tout raconter à la deuxième salve.

— À la deuxième quoi ? »

Mais Rascal s'écarta, et Andraste vit Swig faire jaillir une étincelle entre deux pinces. Quelle était cette forme de magie ?

« Bien. Nous allons te faire parler, et chanter maintenant.

— Je vous jure… Ce n'est qu'un médaillon.

— Quand ils disent, je vous jure…, vous pouvez être sûr qu'ils vous mentent. »

Swig déposa les deux embouts métalliques sur ses côtes, et le corps d'Andraste sursauta sous le choc du courant électrique. Puis, quelques secondes plus tard, elle ouvrit les yeux, sonnée. Sa tête lui faisait mal, tout comme ses bras, encore raides. Swig chuchotait à son oreille.

« J'ai déjà vu ce médaillon. Je vends des reliques depuis des années maintenant. De quoi te protège-t-il, hein ? C'est lié au dôme de ces prêtres... »

Andraste déglutit péniblement. Ses muscles continuaient de trembler, intégrant le courant électrique. Elle avait gagné du temps pour le grimoire, qu'elle aurait pu déchiffrer en quelques minutes. Il ne fallait pas que le talisman tombe entre les mains de Swig.

« Je ne sais pas. Il... Il n'a jamais révélé aucun pouvoir. »

Swig hurla de rage en pinçant la chair de la jeune fille à nouveau. Andraste sentit ses yeux se révulser, ses muscles se contractèrent, et son cœur accéléra. Elle vit Lyandre, leur traversée de l'Azur, leurs doigts se séparant quand la barrière magique déchirait leurs corps.

Le courant s'arrêta, et son cœur pulsait puissamment dans sa poitrine, sur laquelle pendait lamentablement sa tête.

« Cette forêt est pleine de reliques, de petites créatures aussi que je vendrai à bon prix. Je suis sûr que les prêtres ont caché une petite fortune, un trésor là bas. Tu vas nous y mener et nous faire passer de l'autre côté. »

Andraste n'avait plus la force de répondre. Le corps traversé de quelques soubresauts ne voulait plus répondre. Elle était si faible qu'elle se sentait détachée, prête à rejoindre Lyra. Lyra qui avait eu la tendresse d'une mère. Le visage de Cassandra apparut dans son esprit : elle revit le foyer, le temple, qui respirait la sécurité. Elle vit le visage de sa mère, si paisible dans son linceul de lumière délicat, protégée à jamais de Hiero. Swig hurla de frustration et allait pincer à nouveau aux cuisses, lorsque Myrrko l'interrompit :

« Patron, comment on va faire pour le livre ?

— Hein ?

— Pour lire le livre, si elle est morte. Comment on fera ? »

Swig laissa tomber les pinces, subitement dégrisé, et leva les mains en agitant délicatement ses doigts, comme une araignée tirant sur les fils de sa toile. Il attrapa brusquement les cheveux d'Andraste pour approcher son visage du sien :

« Elle respire encore. Attachez-la sur une chaise. »

Elle se sentit choir comme une masse lourde. Les paupières de ses yeux refusaient de s'ouvrir, mais elle entendit résonner :

« On va passer au couteau. Elle va parler, je te le dis, moi. »

Chapitre 3

Vaystran para le coup de son frère qui ne lui laissait aucun répit. Depuis le début, le frère aîné l'excitait, ponctuait de rires théâtraux ses feintes, mais ne prenait jamais l'initiative d'un assaut. Il s'amusait beaucoup, et Lyandre enrageait d'autant plus qu'il s'épuisait. Il savait que Vaystran déviait ses attaques tout en économisant ses forces et cette aisance insultait ses cinq années d'entraînement militaire dans la garde royale. Mais Lyandre n'arrivait pas à contenir sa rage et persistait dans l'erreur du débutant. Les deux elfes aux traits similaires, et à la même chevelure dorée nouée en catogan, bondissaient sur les rochers entre deux passes dans leur joute à l'épée. Ils avaient commencé leur duel sous les remparts et se tenaient à présent dans la plaine, où l'arbre des origines étendait sa ramure. Ce fut à ce moment là que Lyandre trébucha sur une ornière, et écarquillant les yeux de surprise, il atterrit sur son train arrière. Vaystran renversa sa tête en arrière et partit d'un éclat de rire sonore en se tenant les côtes. Lyandre pinça les lèvres, mais accepta de bon cœur la main tendue de son frère aîné, une fois que celui-ci se fut calmé.

« Je préfère l'arc. » maugréa-t-il en se relevant.

« L'arc est pour le chasseur, non pour les gardes royaux.

— C'est une arme aussi noble que l'épée.

— Oui mais en combat rapproché c'est l'épée qui te sauvera la vie.

— Je manque d'entraînement, il est vrai...

— Tu passes trop de temps avec les chevaux sur la route petit frère.

— Cette lame est surtout vieille, elle a trop servi ! »

Vaystran observa son frère avec tendresse dans le regard. Il lui tendit soudainement son épée :

« Alors tu devrais prendre celle-ci désormais. »

Les yeux de Lyandre s'écarquillèrent.

« Istarràn... La servante des dieux... C'est grand père qui te l'a donnée. Je ne peux pas.

— Prend là.

— Elle te revenait de droit.

— Et je cède ce droit de bon cœur. Je m'en ferai faire une plus légère. »

Un vent frais se leva sur la plaine, couchant les blés. L'arbre frémit dans ses ramures, sans qu'une feuille pourtant ne se détache. Les deux elfes se tournèrent vers la forêt d'Etheldrede et sa rangée d'arbres millénaires. Lyandre laissa son regard errer sur le sous bois, et Vaystran lui posa la main sur l'épaule.

« Si j'avais su, jamais je ne t'aurai laissé partir... »

Lyandre cligna des yeux et mit quelques secondes avant de réaliser ce que son frère venait de lui dire :

« Nous ne sommes plus dans mon souvenir n'est-ce pas ?

— Non, je digresse.

— Tu as toujours aimé les histoires murmura Lyandre en ayant un petit rire.

— J'aimais t'écouter les raconter. » lui répondit d'une voix grave Vaystran.

Lyandre se retourna pour contempler le visage de son frère :

« As-tu souffert ?

— Voyons petit frère… La mort n'a jamais effrayé les elfes. L'absence de peur enlève toute contraction. Non. Je n'ai pas souffert. Père et moi avons rejoint l'arbre éternel là haut lorsque notre cœur a cessé de battre au rythme de Dana. »

Lyandre sentit son cœur se serrer.

« Défais-toi de cette culpabilité. Je suis autant responsable que toi. Je n'ai rien fait pour te convaincre de rester.

— Pourquoi…

— Arrête Lyandre. C'était écrit.

— J'étais tellement tête brûlé.

— Apparemment tu as trouvé plus fort que toi à présent. » dit Vaystran d'un air moqueur.

Un bruit sourd monta de la forêt, où la végétation s'était assombrie. Lyandre tenta de percer le feuillage de son iris affûté, en vain.

« Et le reste ? C'est déjà écrit ?

— Je te l'ai dit, beaucoup de choses vont changer. »

Vaystran et Lyandre fixaient la forêt à présent côte à côte. L'elfe entendait une partie de la ville dans leur dos s'effondrer dans le feu de la guerre civile qui s'en était emparée.

« Tant de choses ont déjà changé Vaystran...

— Elle va avoir besoin de toi.

— J'ai échoué mon frère. Je l'ai perdue.

— Non. Mais elle a besoin de soi pour ne pas se perdre. »

Lyandre regarda son frère sans comprendre le regard de ce dernier, dur et inquiet, fixé sur l'arbre. Le tronc avait noirci, et ses branches embrasées laissaient résonner un craquement sinistre dans la plaine.

« C'est ce qui va arriver ?

— Si elle laisse son sang corrompre les terres d'Hizaion. »

Lyandre qui observait le tronc et les racines regarda brusquement son frère, frappé par ces mots :

« Qu'est-ce que tu veux dire ? »

Mais son frère garda un silence épais.

« La tuer ? Je dois la tuer ? »

Il sentit une bouffée de colère lui étreindre la poitrine.

« J'en suis incapable. »

La forêt était devenue noire, contaminée par une horreur rampante, qui se répandait à travers les veines de la terre. Lyandre la sentit à travers ses propres cellules, comme corrompues. L'odeur âcre et ses intestins crispés faillirent le faire vomir lorsqu'il entendit son frère murmurer :

« Rappelle-toi beaucoup de choses vont changer. »

Lyandre ouvrit brusquement les yeux. Allongé sur une surface dure, il ne voyait que le plafond en métal poli. Ses sens aiguisés l'avertirent d'une présence. Il vit face à lui des bottes lustrées, sur un pantalon impeccable, dans un siège. Des doigts appuyaient sur un écran tandis que le visage restait dissimulé dans l'ombre. Une voix sépulcrale s'éleva dans la pièce froide comme le lit sur lequel Lyandre reposait.

« Alors monsieur Lyandre... Je fais enfin votre connaissance. »

Lyandre sentit ses oreilles s'aiguiser à la tessiture de l'atmosphère. Aucun bruit, si ce n'était la respiration de l'homme et son cœur battant à cadence mesurée. Il déposa les deux mains sur ses deux genoux, en évitant de faire des gestes brusques.

« Suis-je en état d'arrestation ?

— Non. Vous êtes en transition.

— Qu'est-ce que cela veut dire ? »

L'homme s'avança et l'elfe découvrit le visage de l'humain qui semblait détenir des informations sur lui. Il vit ses yeux sombres, et le haut du vêtement qui s'avéra être l'uniforme de la milice.

« Je suis la capitaine Nagos, chef de la milice. Je suis celui qui chasse les indésirables de cette ville.

— Je vois. Et le fait que je sois un elfe fait de moi un indésirable.

— Vous vous étiez soulevé contre la royauté.

— Non. Mais de toute façon, la royauté n'existe plus.

— Non, en effet cette époque est révolue. Mais il y a quelque chose que je ne comprends pas. Pourquoi vous envoyer en "mission" dans cette forêt ? Je n'ai pas mention du détail dans votre dossier.

— Parce que seul un être avec de la magie dans le sang pouvait traverser l'Azur.

— La magie… »

Nagos appuya le coin de l'écran sur le bout de sa chaussure en pesant ses mots.

« Je ne crois pas à la magie. Je crois qu'il y a des charlatans prêts à vendre une fortune des amulettes. Je crois à une technologie différente, crée par une bande de voyous qui voulaient accroître leur influence sur le peuple, sans rien donner en échange. Une sorte de technologie jalousement gardée. Mais les fées et les lutins... Non je n'y crois pas.

— Quand vous aurez vécu deux cent soixante-dix ans, vous croirez à beaucoup de choses. »

Nagos tiqua à ces mots et laissa tomber avec une pointe de mépris :

« Je ne veux pas de cette longue vie, sûrement due à une mutation génétique exceptionnelle.

— Et que voulez-vous Capitaine Nagos ?

— La vérité. Que s'est-il passé ? »

Lyandre réfléchit à toute vitesse. Si Faraoh avait capturé Andraste, il serait déjà mort. Il était en vie, ils l'interrogeaient. Donc ils ignoraient tout d'elle.

« Je suis entré dans la forêt et j'ai éprouvé beaucoup de difficultés à m'orienter. La forêt avait changé à l'intérieur. J'ai pisté la créature que Faraoh...

— Le Gardien de la Nation.

— Que votre Gardien m'avait demandé de pister. Cela m'a pris des jours, des semaines.

— Presqu'une année entière.

— Oui. Il y a un décalage entre ici et l'intérieur de l'Azur. Un décalage fluctuant.

— Et vous l'avez trouvée ? Cette créature ?

— Oui.

— Décrivez-la.

— Environ deux mètres. Ailée. Des cornes. Elle ne ressemble à nulle autre pareille. Elle est passée à travers l'Azur en même temps que moi.

— Vraiment ?

— Je l'avais enchaînée. Mais le passage de l'autre côté ne s'est pas passé comme prévu. À vous de me dire la suite.

— Nous vous avons trouvé à demi conscient, seul, aux abords de l'Azur. L'altération du champ électromagnétique a été… impressionnante. Et nous avons enregistré un taux inégalé de particules à cet endroit. Vous étiez donc bien deux.

— Oui je vous le confirme, je suis sûr que la créature est passée de l'autre côté. Mais je ne comprends pas pourquoi nous avons été séparés.

— Bien. Vous voilà donc ici. Ce sera votre chambre. »

Lyandre cligna des yeux.

« Ma chambre ?

— Oui, fit le capitaine d'un ton sec, un sourire pincé. Le Gardien vous a confié à mes bons soins. Vous serez intégré à la milice, sous mes ordres et ma responsabilité. Vous serez le matricule 785. Et votre intégration commence dans quelques minutes. Le temps de vous faire passer quelques tests sanguins et autres. »

Le Capitaine se leva et après un hochement de tête contrastant avec sa raideur générale, sortit par la porte qui s'ouvrit en coulissant. Lyandre inspira profondément, tentant de garder un visage neutre. Mais où était-elle ? Était-elle seulement encore en vie ? Il se concentra, cherchant sa présence aux alentours du bâtiment. Son esprit embrumé par les ondes et la densité de métal et de matière inerte, il la chercha aux alentours de l'Azur, en vain. Nulle image. Nulle sensation. Lyandre se passa les doigts sur la nuque, renversant la tête vers le plafond glacé et ferma à nouveau les yeux en soupirant. Les yeux d'Andraste surgirent devant lui. Il sourit à l'image de ces yeux changeants, ses cheveux blonds, son air buté. Et soudain, il la vit, entourée d'enfants. Il ouvrit les yeux, rasséréné. Elle était en vie. Pas encore complètement en sécurité. Mais loin de la milice, sous terre. Elle était bien cachée, pour le moment. La question était : pouvait-il s'échapper pour la rejoindre ? Et comment la retrouver ? La porte de sa chambre coulissa à nouveau, et un homme au crâne rasé, les mains dans le dos, jambes écartées, l'attendait. Lyandre se leva, pour suivre le soldat. Ils traversèrent une série de corridors aux portes coulissantes d'où sortaient des soldats aux cheveux courts, en débardeur noir et pantalons de la même couleur. Ils semblaient tous rejoindre le même endroit, mais le guide emmena Lyandre à l'opposé, dans une salle aux murs blancs, ce qui glaça le sang de l'elfe. Allait-il encore être torturé ? Sans un mot, le soldat lui fit signe de monter sur une machine.

« Posez vos pieds sur le tapis, et commencez à marcher. »

Lyandre fit un pas, et la surface noire et lisse, se mit à rouler sous ses pieds, augmentant graduellement sa vitesse jusqu'à ce que l'elfe courre à perdre haleine, le regard fixé sur le mur devant lui. Puis le tapis roulant ralentit, et Lyandre put reprendre son souffle et une marche normale. Lorsqu'il jeta un coup d'œil au soldat, celui-ci le fixait, incrédule, debout près de la machine. Il détourna rapidement le regard, et alla se rassoir en pianotant quelques touches et dit d'une voix qu'il voulut égale :

« Posez vos mains devant vous, sur les deux disques blancs. »

Lyandre appuya légèrement ses mains sur les disques aux stries grises, et sentit un pincement au niveau des pouces. Lorsqu'il les regarda, il vit perler une petite goutte de sang. Le soldat leva un sourcil en regardant son écran, et plissa les yeux en voyant les empreintes digitales de l'elfe s'afficher devant lui.

« Le Gardien de la Nation avait constitué un dossier sur moi, avec toutes sortes de prélèvements. »

Le soldat regarda l'elfe d'un air absent.

« Pourquoi me dites-vous ça ? »

Il n'avait pas l'air curieux. Lyandre poursuivit :

« Parce que cela aurait pu vous intéresser… »

Mais Lyandre fut frappé par le regard dénué d'intérêt. Les sourcils levés n'étaient donc pas un manque de curiosité, mais une pure incompréhension face à sa nature. La voix froide du soldat le confirma :

« Votre profil relève des anomalies. Nombreuses.

— Rien d'inquiétant j'espère. »

Le soldat ne leva plus les yeux de son écran, tournant à présent le dos à l'elfe, pour lui répondre :

« Je ne suis jamais inquiet. »

Il appuya sur quelques touches, et les images des molécules et des particules disparurent des écrans.

« Vous ne sauvegardez rien sur papier ?

— Inutile, tout est déjà dans la base de la milice.

— Le capitaine y aura accès ?

— Il n'y a pas de secrets dans la milice. Si tu te trouves en difficulté, tes frères d'armes sauront t'épauler.

— Quelle solidarité. C'est touchant. »

Le soldat pivota sur son tabouret et fronça les sourcils :

« Ça n'a rien de touchant. C'est la réalité. Chaque cellule du corps dépend des autres, et les soutient. Vous allez être intégré à la milice.

— Je connais l'armée.

— La milice n'est pas l'armée. Il n'y a qu'un corps d'élite de
    la

Nation.

— Vous avez l'air… heureux. Un peu exalté mais heureux.

— Je suis satisfait. C'est un honneur de faire partie de la

milice. »

La porte glissa et laissa apparaître le Capitaine Nagos. Les mots du directeur de la fabrique du sérum résonnaient encore dans sa tête :

« Surveillez-le. Il n'a pas besoin du Pax. Son système l'évacuera, mais cela en fait un élément perturbateur. Il ne sera jamais tout à fait sous contrôle. Il avisa le jeune soldat :

« Est-il prêt ?

— Je le suis. » répondit Lyandre en se levant.

Mais le capitaine l'ignora et ne tourna les talons qu'au hochement de tête du jeune soldat qui s'était levé au garde à vous. L'elfe en fut agacé, et suivit Nagos à travers les couloirs. Cette fois, ils étaient seuls. Où étaient passés les autres ? Tous ceux qu'ils avaient aperçus plus tôt ? Il eut la réponse une fraction de seconde plus tard. D'immenses portes métallisées glissèrent sur le côté, et Lyandre découvrit une rangée interminable de soldats, parfaitement alignés, dans le même uniforme qu'il avait découvert plus tôt.

Immobiles, le souffle imperceptible, ils attendaient. L'écho des bottes de Nagos claquèrent sur le sol, résonnant jusqu'au plafond lorsque celui-ci s'engagea dans l'allée au milieu de ses hommes. À une centaine de mètres devant eux, au milieu du couloir de ces ombres aux bottes impeccablement cirées, Lyandre distingua une chaise en métal sous un rai de lumière. Qu'est-ce que ça voulait dire ? S'ils l'attaquaient, il n'avait aucune chance. Il se mit à échafauder un plan en emboîtant le pas de l'homme qui avait désormais droit de vie ou de mort sur lui. Lyandre regarda droit devant lui, mais ne put retenir un frémissement quand les trois cent miliciens tournèrent et claquèrent des talons pour lui faire face. Nagos lui désigna les chaises de la paume de la main. Lyandre s'assit et entendit un grésillement derrière lui.

« Regarde le sol. »

Quelqu'un lui appuya un objet au contact rugueux sur la nuque, et il vit avec surprise ses longues mèches blondes tomber, les uns après les autres. Une étrange sensation de légèreté envahit l'elfe, et ses oreilles se dressèrent, aiguisées par cette nouvelle sensation.

« Tu rejoins aujourd'hui les rangs de la milice, l'armée qui n'en est pas une. Nous sommes la milice. Le rempart contre la barbarie, contre la sauvagerie, contre la destruction qui ronge Renova. »

Pris par l'atmosphère solennelle de cet étrange rituel, Lyandre sentit sa rage contenue s'apaiser.

« Tu défendras Renova et ses citoyens, sa grandeur, et tes frères s'ils restent toujours dignes de la milice. »

Le Capitaine appuya quelque chose sur le bras de l'elfe et celui-ci sentit une douleur foudroyante lui comprimer le muscle.

« Te voilà corps de la milice à ton tour. Lève-toi matricule 785. Nous ne croyons pas au destin, mais à la dignité et à l'excellence. »

Les soldats hurlèrent en cœur :

« Dignité ! Excellence ! »

Puis ils se retournèrent d'un seul bloc et ne formèrent plus qu'une marée noire devant les yeux de Lyandre.

« Rejoins les rangs matricule 785. »

Lyandre se leva et hésita devant l'endroit où se placer. Mais Nagos appela :

« Matricule 621. »

Un homme à la peau basanée recula et sortit du rang, pour claquer du talon devant son capitaine. Il attendit les ordres, statufié.

« Vous guiderez notre nouveau membre à la salle d'entraînement, puis demain, vous lui montrerez la salle où collecter ses équipements. »

Le matricule 621 vint se placer devant Lyandre et Nagos hurla d'une voix de stentor :

« Milice, à l'entraînement ! Pour Renova ! »

Et les miliciens s'ébranlèrent en hurlant d'une seule voix :

« Pour Renova ! »

Lyandre suivit son guide, sans un regard sur les derniers vestiges de son ancienne identité, jonchant le sol. Nagos, pensif, poussa du bout du pied une mèche qui jetait un éclat de lumière sur le sol en béton gris. Luderik, son second, suivit du regard la silhouette de l'elfe, la mâchoire serrée.

« Vous avez fait quoi de son épée capitaine ?

— Elle est consignée dans mon bureau. Je voudrais l'étudier un peu.

— Vous croyez que c'est un piège ?

— Pourquoi le Gardien de la Nation nous piègerait-il mon cher Luderik ?

— Chai' pas... fit ce dernier en haussant les épaules. Nous le coller dans les pattes, au lieu de l'envoyer en exil... Je trouve ça bizarre. Et je suis sûr que c'est une idée d'un sénateur.

— J'apprécie toujours votre franchise Luderik, mais ne vous mettez pas de telles idées en tête.

— Je n'ai pas de tête monsieur. Je ne suis qu'un bras armé, votre bras armé.

— Le bras armé de Renova. » le corrigea Nagos.

Le capitaine lui posa sa main sur l'épaule dans un rare geste d'estime, et se dirigea vers la porte principale qu'il avait traversée quelques minutes plus tôt. Luderik lui lança :

« Je garde un œil sur lui Capitaine !

— Je sais Luderik, je sais. » répondit Nagos avec flegme, en croisant les mains derrière son dos.

Chapitre 4

L'obscurité. Des jours, des nuits, dans l'obscurité.

Elle avait appelé Lyandre de longues minutes. Elle se rappelait le contact de sa main lorsqu'ils étaient passés à travers l'Azur. Que s'était-il passé ? Pourquoi l'avait-il abandonnée ? Avait-il été capturé, lui aussi ?

L'obscurité, les yeux grands ouverts dans le noir, sa langue pâteuse qui reposait sur sa mâchoire engourdie...

Sa tête était douloureuse, mais elle gardait l'esprit clair. Trois hommes. Ils l'avaient frappée. D'où venait-elle ? Où avait-elle trouvé ces reliques ? Comment pénétrer dans la forêt ? Elle avait gardé les lèvres scellées. Elle avait plus de valeur muette.

Une explosion. Des cris à nouveau. Quelqu'un lui hurla dessus en la frappant du pied dans la cuisse.

« Laissez la fille. Trouvez les autres. »

Les hommes s'éloignèrent.

Le capitaine Nagos retourna doucement la fille sur le dos. Elle avait été dénudée et frappée. L'avaient-ils abusée ? Ce n'étaient pas forcément des violeurs. Plutôt des bandits de grand chemin attirés par la cité et le recel de reliques de l'ancien temps. Un marché florissant. Très florissant. Le dos zébré de marques, ils avaient utilisé le fouet et les pinces électriques. L'homme nota également des plaies sûrement réalisées à l'aide d'un couteau. Il tâta son pouls, faible mais régulier. Elle était inconsciente.

Des mains écartaient les cheveux de son visage. Elle se prit à penser une fraction de seconde à Lyandre. C'était la même douceur qui détaillait de l'index les traits de son visage.

« Capitaine, nous avons trouvé leur planque. »

L'homme se releva, déposant un vêtement sur son corps nu, et alla rejoindre ses hommes dans l'arrière-salle.

Andraste entrouvrit un œil. Devant elle, la porte grande ouverte, en métal, défoncée.

Sur la gauche, un tabouret où elle avait passé de longues heures, une table, et ses vêtements. De là où elle gisait, elle ne voyait pas son médaillon. Elle avait totalement récupéré ses capacités à présent. Était-ce dû à la lumière ou au monstre en elle qui cherchait à survivre ?

Les hommes derrière s'agitaient toujours, laissant tomber des objets sur le sol.

« La banque centrale sera ravie de récupérer tous ces joujoux de bonnes femmes.

— Ta gueule, c'est le capitaine qui décide.

— Capitaine, voulez-vous garder ce foutoir pour examen par votre service ? Ou je les mets sous scellés maintenant ?

— Mettez-les sous scellés. Attendez, laissez-moi observer celui-ci.

— Je crois que c'est un sabre elfique, capitaine.

— Ferme-la, et fais ton boulot. »

Lorsque le capitaine Nagos se retourna, la jeune femme avait disparu. Il fut en quelques pas dans la première pièce.

« Luderik ?

— Capitaine ?

— Elle s'est échappée. À poil, vous y croyez ça ? »

***

Andraste courait à perdre haleine dans le couloir. À gauche, à droite. Elle reprit son souffle quelques instants, le temps d'enfiler sa tunique et son pantalon. Elle serra contre elle le grimoire qu'elle avait saisi au vol, ainsi que son médaillon. La peur la fit hésiter : et si elle continuait dans ce tunnel, allait-elle tomber nez à nez avec un autre soldat ? Ou pire ? Ils avaient dû prendre l'entrée principale, il fallait donc s'éloigner du présidium. Affolée, elle entendit un bruit de pas. Un soldat ! Elle fit brusquement demi-tour, mais son nez s'écrasa contre une poitrine harnachée de métal et une poigne de fer lui serra le bras. Elle se débattit, affolée.

« Andraste, c'est moi ! »

L'homme baissa son arme, et sous le casque dur, elle entendit à nouveau :

« C'est moi, Andraste. »

Et l'homme lâcha son bras pour appuyer sur son casque noir. Elle entendit un déclic, un léger soupir de la jointure qui se relâchait, et le visage de Lyandre apparut. Son cœur sauta dans sa poitrine, et elle se serra contre lui. L'elfe la maintint contre lui quelques secondes, et brusquement, remit son casque et la tira par la main.

Elle se laissa guider, serrant ses vêtements contre elle. Il souleva le dernier rideau de la salle à l'opium, et découvrit un tunnel. Ils se mirent à courir sur le chemin en terre battue légèrement éclairé par la lumière du canon de l'arme de Lyandre. Pourquoi avait-il cette tenue ? Pourquoi avaient-ils été séparés ? Elle perçut un air frais, caressant ses cheveux devenus poisseux. Lyandre ralentit.

« Continue tout droit. Tu arriveras à la porte ouest de Samatya. Attends que le garde passe, et tu guetteras la porte à gauche. Elle est dissimulée par du lierre, mais tous les trafiquants l'utilisent.

— Tu es avec eux ?

— J'ai été capturé dès mon arrivée. »

Andraste remarqua une balafre sur la joue gauche de Lyandre. Si profonde qu'elle n'avait pas cicatrisé. Il lui prit le visage entre les mains et l'approcha doucement. Andraste se laissa aller, le corps encore meurtri.

« Pardon. J'aurais dû être là Andraste.

— Je vais guérir vite.

— Est-ce que tu t'es transformée ?

— Non, justement. J'en aurais eu besoin, mais je n'y parviens plus.

— C'est l'Azur. Le sortilège des prêtres a eu un effet sur toi. Quand tes doigts m'ont lâché, je l'ai senti. Moi aussi, mon corps a changé. Il cicatrise moins vite.

— Je…, Lyandre, je ne me transformerai plus ? »

Lyandre se passa la main dans ses cheveux devenus courts.

« Je n'en sais rien. Pars de la ville, rejoins Oltahisar, ou Rosendal. Fonde une colonie. Ici tu n'es pas en sécurité.

— Et Imani ?

— Faraoh prépare quelque chose.

— Comment tu le sais ?

— Il n'a même pas demandé à me voir. Il ne compte donc plus sur moi ou sa créature. Mais Faraoh a toujours un plan. »

Andraste se sentit soudain très faible. Elle avait perdu beaucoup de sang.

« Ça fait combien de temps qu'on est ici ?

— Une semaine environ. Tu n'as pas encore été repérée par la milice. Pars. Oltahisar ou Rosendal.

— Comment on se retrouvera ?

— Quand tu seras prête, que tu auras formé d'autres novices, que tu auras trouvé de hommes de main, des guerriers, tu me recontacteras.

— Mais comment ? »

Lyandre eut un petit sourire.

« Je compte sur toi pour te faire remarquer. »

Andraste baissa la tête, mais il lui prit le menton.

« Je sais. Je t'avais promis que je te protègerai. Mais je suis pieds et poings liés. La milice contrôle mes faits et gestes. Pour le moment. Rester en contact ici, te mettrait en danger.

— Oui…

— Le mieux serait Oltahisar. Tu te fondras dans la masse, et tu recruteras des hommes de main.

— Comment ?

— Vend tes services de guérisseuse. J'ai besoin de temps pour pouvoir m'échapper. Il faut d'abord que j'obtienne leur confiance totale. »

Il l'attira à lui, et elle ferma les yeux quelques instants contre la poitrine de l'elfe. Il la serra plus fort, et brusquement, comme des bruits de bottes résonnaient tout autour d'eux, il la repoussa en lui disant :

« Cours. »

Le visage balafré de Lyandre fut avalé par le casque tandis qu'il se détournait et disparaissait dans les ténèbres.

Andraste se mit à courir vers la lumière, martelant la terre battue de ses pieds nus. Le souffle court, elle ne courait pas vite, mais continuait à marteler le sol. Son bras endolori par les cordes qui avaient brûlé sa peau, ballottant contre sa cuisse. Lyandre était en vie. Il la rejoindrait loin de cet endroit maudit. Elle n'était plus seule. Une nouvelle force la poussait en avant : l'espoir. Elle ralentit arrivée au bout. Le soir tombait. Elle marchait dans une rue à présent, une rue aux hauts murs en pierre. Elle était sortie des entrailles de Samatya et était proche de la porte. Andraste se sentit soudain très faible. Et la perspective de s'en aller sans Lyandre, seule, lui apparaissait soudainement comme insurmontable. Et si elle refaisait une mauvaise rencontre ? Il ne serait pas là pour la sauver cette fois. Le grimoire pesait tellement lourd... Si elle faisait longue route, il lui faudrait trouver un sac, un vêtement, n'importe quoi pour le porter. Et des vivres ? Comment allait-elle faire ? Y avait-il encore de la nature dehors pour cueillir des baies, chasser ? Elle continua à marcher, prudemment, effrayée par le bruit de sa propre respiration qu'elle n'arrivait pas à calmer. Bientôt, ce ne furent plus des murs, mais des ruines. Elle avisa un bâton planté vers le sommet du tas de pierres : un large morceau de tissu pendait, fébrilement soulevé par le vent. Cela ferait l'affaire, pour porter le livre en bandoulière et y placer des fruits. Andraste grimpa péniblement les pierres qui menaçaient de s'écrouler. Elle restait proche du sol, par peur d'être vue, comme un insecte grimpant sur une souche morte. Mais un insecte n'avait pas peur, lui. Il n'avait pas conscience du danger. La jeune fille avait appris la peur. Celle qui précédait la douleur, latente, elle avait cru que sa morgue et ses quelques pouvoirs lui permettraient de se frayer un chemin, mais elle venait de payer pour son immaturité et son orgueil. Il lui fallait coûte que coûte ce morceau de tissu pour couvrir le livre et sa tête si besoin. Elle allait se redresser, quand elle entendit un son étrange. Un craquement. Soudain, les pierres se soulevèrent et elle se retrouva à plus de dix mètres du sol, debout sur le dos d'une créature géante de pierre.

« Par Aum ! » fut tout ce qu'elle put articuler. Les bras largement écartés et le cœur battant la chamade, elle perdit l'équilibre, et tomba à terre, sentant une côte se fracturer. Le souffle coupé, elle rampa, lorsque la créature lui saisit la cheville pour la soulever de terre. Trop faible, elle laissa sa tête pendre lamentablement, et vit les deux yeux noirs formés par l'espace entre deux rochers la fixer. Le sang envahit son cerveau et les images de Lyra, la statue de Dana dans la grotte, Cassandra tenant un scarabée dans sa paume, lui revinrent. Le géant, désormais agenouillé, la tenait à bout de doigts, et, rejetant son bras en arrière, il allait le rabattre pour écraser la novice sur le sol, lorsqu'une infime décharge de hêka ouvrit les yeux d'Andraste. Du tréfonds de ses souvenirs, elle murmura quelques mots. Le géant s'immobilisa, et dans un pathétique grognement, s'effondra pour redevenir le tas de pierres qu'il était. Andraste hurla et vint s'écraser sur le sol encore une fois. Les mains sur la tête, roulée en boule, elle laissa le silence retomber comme la poussière. Hoquetant pour recracher les particules, elle fit un mouvement, mais grimaça en sentant sa côte fêlée. Le calme était revenu. Elle rampa jusqu'au tas de pierres, se hissa sur la première, et réussit à se relever. Grimpant piteusement les rochers maintenant inanimés, elle vit la lune émerger de derrière un nuage, et elle reprit son ascension en gardant à l'œil le bout de tissu toujours planté au bout du bâton. Ce qu'elle avait pris pour un bâton devait être un javelot, une tentative pour tuer le géant ensorcelé… qui était resté fiché sur son dos. Le rebut qui avait fait ça n'avait pas du en réchapper. Quel idiot avait mis un enchantement sur ce tas de pierres ? Si c'était censé être un passage pour les rebuts, pourquoi les mettre en danger par ce sortilège ? Elle entendit un son :

« Mmmmmmhh mmmhh. »

C'était un fredonnement. Quelqu'un venait ! Elle s'accroupit contre les pierres, à l'affût. C'était une voix grave qui fredonnait tranquillement et se rapprochait. Maintenant ou jamais ! Et elle bondit tant bien que mal pour saisir le tissu. Elle se raidit, le silence régnant à nouveau, simplement perturbé par le chuintement du tissu dans le vent. Elle le vit. Les épaules chargées d'un sac, la barbe longue, tirant sur un front proéminent, et cachant une mâchoire qu'elle devinait carrée. Il redressa le menton, la fixant, comme enraciné au sol. Mais c'était sûrement quelque chose de normal pour un Danaikvas, une créature sortie de terre il y a des milliers d'années. Il semblait humer l'air comme un chien, ses longs cheveux noirs et sales retombant sur ses épaules. Son front immense surplombait deux yeux noirs sans iris sous des sourcils broussailleux, et terminait d'encadrer son visage busqué, envahi par une longue barbe noire fournie, dans laquelle se perdait une herbe qu'il mâchonnait.

Elle calcula dans sa tête, avec le peu d'énergie qui lui restait : elle pouvait arracher ce bout de tissu, dévaler le tas de pierres de l'autre côté, et retourner dans le tunnel se cacher. D'après sa mémoire, les Danaikvas n'étaient pas les plus rapides à la course, mais les plus puissants. Sa main tenait toujours le bout de tissu tandis qu'il l'observait, les yeux sombres. Elle déglutit, et il fit quelque chose d'étrange. Il déposa doucement le sac au sol, et après s'être redressé, il leva les mains pour exécuter une danse des signes étranges. Mais Andraste ne connaissait que des bribes du langage des Danaikvas. Elle comprit pourtant un mot : « Ami ».

Il attendit sa réponse, et Andraste s'approcha craintivement. Elle perdit l'équilibre sur une pierre, et, étonnamment, il la saisit lentement par les épaules, la souleva et la déposa sur le sol à côté de lui, sans bruit. Une dernière pierre roula, fracassant le silence. Elle ouvrit la bouche, mais il posa un doigt sur sa bouche. Andraste cligna des yeux, et il fit un geste du menton pour l'inviter à le suivre. Il ramassa son sac pour le reposer en travers de ses épaules.

Comment diable une telle créature pouvait-elle être encore en vie, et ici ? Au vu et au su de la milice ? Qui apparemment faisait des incursions dans l'ancienne Samatya.

Mais déjà il se détournait de son pas lourd et débonnaire, comme s'il cherchait à imprimer son pas dans la terre battue. Andraste le suivit, à distance respectueuse. Finies les bravades. Elle avait eu une peur féroce dans la pyramide face au Tengu. Ici, elle n'avait plus aucun repère et ses pouvoirs étaient affaiblis. Après quelques minutes parcourues en silence, qu'elle mit à profit pour empaqueter le livre de façon à le porter en bandoulière, il ralentit. Avait-elle bien fait de le suivre ? Son instinct, qui revenait à la surface, lui murmurait que oui. Mais quelque part en elle, la voix de Lyandre continuait de lui murmurer de partir loin d'ici.

Ils étaient arrivés devant une arche s'ouvrant sur le vide. Le Danaikvas lui adressa un mouvement de menton et il la devança sous les arcades, toujours chargé de son sac en travers de ses épaules. Devant eux s'ouvraient des escaliers. La construction était un trou dans le sol, de forme carrée. Plus bas, à leurs pieds, au centre de ce puits, s'étendait une dalle en matière dure. Mais à y regarder une seconde fois, ce puits, dont le fond aplani faisait penser à une scène, était cerné des quatre côtés par des escaliers. *De très larges escaliers*, pensa Andraste, en descendant quelques marches. Des branchages et de la mousse jonchaient çà et là le sol. En arrivant en bas, un air parfumé à l'encens sortait d'une béance surmontée d'un linteau et souleva ses cheveux. Elle y lut : « Riez et pleurez tant que vous pouvez en l'honneur du dieu Balist ».

Elle se retourna de stupeur : c'était donc l'ancien théâtre de Samatya !

Elle se dépêcha de suivre le Danaikvas en franchissant la porte sans battant, sur le qui-vive. Il ne parlait toujours pas, et marquait ses pas, ralentissant un peu lorsque Andraste avait du mal à suivre. Elle se sentait mieux, même si toujours affaiblie. Il fallait juste qu'elle mange et qu'elle dorme. Soudain, elle distingua une lumière sur la droite. Et une autre. Qu'était-ce donc que cette magie ? Elle ralentit à hauteur de la lumière et plissa les yeux pour distinguer la créature qui dispensait une telle lueur, mais elle ne put la voir. Elle tendit la main pour la toucher et la retira aussitôt : c'était brûlant et avait la consistance du verre. Étrange..., le géant aux yeux luisants l'attendait, impassible. Elle ferma vite la bouche, et baissant la tête, elle le rattrapa. Il reprit sa démarche débonnaire, et ce fut à ce moment-là qu'il se mit à parler :

« D'où viens-tu ?

— Du sud, de Rosendal.

— Comment as-tu pu arriver jusqu'ici ? Les routes ne sont pas sûres pour un humain, qui plus est une fille.

— J'ai à chaque fois trouvé des gens pour m'aider.

— Comment tu t'appelles ?

— Andraste. »

Elle avait préféré coller à la version qu'elle avait donnée à Swig. Et personne ne le connaissant ici, elle ne craignait pas grand-chose à révéler son nom.

« Eh bien, Andraste, bienvenue à Imani. »

Le couloir s'ouvrit brusquement sur une cour, ou plutôt une ancienne rue.

À droite sur le sol, un Tomte, une de ces créatures à la peau grise, la fixait de ses gros yeux globuleux, en exécutant une série d'étranges frictions sur le corps d'un homme torse nu. Le Tomte la regarda en clignant des yeux, tandis que ses mains continuaient de s'activer. Elle reconnut en passant l'odeur de marula et des herbes dont lui avait parlé Swig. Quelques hommes à la face couturée portant de vieilles hardes se tenaient par groupes çà et là, devant quelques feux mourants. Andraste vit avec horreur que les animaux embrochés au dessus du feu étaient des rats. À droite un cordonnier assis devant sa boutique délabré, à même le sol en terre battue, s'affairait à recoudre une semelle. Mais un autre établissement attirait tous les regards. Un établissement qui devait être une taverne, à trois étages. Des jeunes filles aux longues tresses étaient suspendues à des rideaux et jouaient de leur corps pour effectuer des acrobaties aériennes, enroulant et déroulant leurs cuisses fermes et musclées pour le plus grand plaisir de l'assistance. Elles se laissèrent retomber sur le sol sur un bruit de cymbales, et en tirant les rideaux, elles découvrirent la haute porte rouge surmontée de l'inscription *Imani.*

« Comment t'appelles-tu ?

— Enkil. Je me nomme Enkil.

— Je te remercie Enkil de m'avoir amenée ici.

— Je vais là. Si tu viens, je peux te présenter, et te trouver une place. »

Andraste sentit un poids s'enlever de sa poitrine. *Merci Lyra, Aum et tous les dieux !* Elle hocha simplement la tête, et lui emboîta le pas.

***

« Où est ce cher elfe ?

— Je suis là, monsieur.

— Capitaine.

— Capitaine Nagos.

— Alors, matricule 785, vous disparaissez au moment où cette fille nous échappe ?

— J'ai été le dernier à entrer, monsieur, j'ai cru la voir passer et je me suis lancé à sa poursuite.

— Cru ?

— Ma vision est altérée avec ce casque, je vous l'ai déjà dit, capitaine. »

Nagos n'aimait pas les fortes têtes. Il allait falloir le faire entrer dans le rang. Le capitaine avait accepté à contre cœur cet élément dans sa milice. Mais le Gardien souhaitait qu'on garde un œil sur lui, et il pouvait être un bon soldat. Si un jour on arrivait à effacer son caractère elfique ! Cette peau étrange, ces yeux, ces oreilles… Nagos s'approcha de Lyandre, qui avait enlevé son casque, le regard droit et dur.

« Le Gardien de la Nation vous a intégré ici. Il vous a intégré à cette milice pour retrouver le transfuge numéro 2.

— Oui, capitaine.

— J'attends une obéissance sans failles à mes ordres. Et un rapport complet de vos activités même quand vous n'êtes pas en service.

— Oui, capitaine.

— Bien, matricule 785. »

Lyandre entendait résonner dans sa tête ce numéro. Il n'était plus Lyandre, prince des elfes de la lignée de Goiri. Il n'était qu'un matricule. Le seul atout qu'il avait était sa longévité. S'il survivait, il vivrait plus longtemps qu'eux. Et autre espoir : elle vivait.

Nagos n'appelait que son bras droit par son prénom. Il connaissait Luderik depuis de nombreuses années, et l'avait lui-même formé. Être appelé par son prénom était un honneur : c'était obtenir la confiance du capitaine. Luderik avait montré force, loyauté, honneur : il était un soldat exemplaire. Un sens de l'humour douteux, certes, mais incapable de mentir, et Nagos l'estimait pour sa sincérité. Nagos s'approcha un peu plus de l'elfe tandis que les hommes vidaient les lieux.

« Je ne connais pas les termes de votre accord avec le Gardien, et je n'en ai pas besoin. Je flaire le mensonge. Et c'est pour ça que je ne vais pas vous lâcher, matricule 785.

— Bien, monsieur.

— Je suis capitaine.

— Bien, capitaine.

— Vous faites partie de ces créatures du passé. Je ne suis ni fasciné, ni impressionné. Mais vous êtes encore là, quarante ans après le carnage, et le Gardien semble avoir besoin de vous. Alors, je vais vous laisser le bénéfice du doute. Mais essayez de vous enfuir, de vous enlever votre puce, et je vous livre à la justice dans l'heure.

— Bien… Capitaine. »

Oui, Lyandre avait menti. Il avait gardé le secret sur Andraste, inventant une créature qui avait échappé à son contrôle. Et c'était pour cette raison qu'il avait envoyé Andraste au loin. Si la milice trouvait une fille blonde à la peau claire, sans puce ni tatouage, elle ferait vite le rapprochement. Luderik s'approcha :

« Capitaine… Et Swig ?

— Inutile de le poursuivre. Ils n'iront pas bien loin. Et dans quelques mois, ils reviendront ici. Nous finirons par le coincer. La priorité est au transfuge. Nous devons livrer tout ça au laboratoire. »

Lyandre alla se placer dans les rangs, arme au poing, casque baissé. La puce sous son avant-bras gauche lui brûlait comme une cuisante humiliation. C'était la seule solution pour le moment. Se fondre dans le décor, du moment qu'elle était en vie, loin d'ici.

Nagos restait songeur en rejoignant la base militaire : les

soldats placés devant le bâtiment assuraient n'avoir rien vu dans leur viseur. Comment la fille avait-elle pu déjouer le détecteur de température corporelle ?

Chapitre 5

« Tu as connu Samatya… avant ? C'était comme ça ?

— Non. Nous ne vivions pas dans des tunnels. Nous pouvions voir le ciel, respirer l'air pur. Mais Faraoh a fait recouvrir Samatya pour construire sa cité.

— En…, en combien de temps il a fait ça ?

— Avec ses machines, en deux ans. »

Andraste cligna plusieurs fois des yeux en fixant le profil d'Enkil impassible. Faraoh avait dû tout recouvrir de terre, puis mettre des dalles de béton par-dessus les toits. Ces anciennes rues, patiemment recreusées par les rebuts, avaient découvert petit à petit ses vestiges. Mais les torches et les braseros encore utilisés saturaient de suie l'air, donnant à la population ces cheveux noirs et graisseux. Le décor contrastait avec les hautes tours, la lumière crue et froide, presque violente qu'elle avait perçu juste après sa traversée de l'Azur.

« Mais alors…

— Renova est juste au-dessus. Les tunnels sont d'anciennes rues.

— Et le présidium ? L'ancien palais de Faraoh ?

— C'est la partie basse de la ville, la moins enterrée... et la plus dangereuse.

— Alors, on est proche du centre-ville ?

— Nous sommes juste en dessous.

— Mais... de quoi vous vivez ?

— Recel de reliques, vol... et autres plaisirs monnayables. »

Une des danseuses jeta une œillade langoureuse au géant lorsqu'il passa la porte, Andraste sur ses talons. À l'entrée de la grande salle, elle ouvrit les yeux de stupeur. Le décor contrastait avec les hautes tours, la lumière crue, presque violente. Des tentures rouges, des braseros, un long comptoir en bois poli, des tonneaux, des tables où s'affalaient des hommes et quelques créatures étranges.

« Enkil ! »

Andraste leva la tête et découvrit l'étage supérieur qui courait tout autour de la salle. C'était une blonde, aussi fine qu'un roseau, qui toisait le Danaikvas depuis le haut de l'escalier.

Andraste, qui se dissimulait derrière Enkil, vit le géant ouvrir les bras, déposer son fardeau à terre, et mettre un genou à terre en lui offrant un sourire béat.

« Emma ! »

Jamais Andraste n'aurait cru qu'un Danaikvas pouvait sourire. Une faculté qu'il avait sûrement adoptée au contact des humains.

Emma martela le sol de ses pieds menus et couverts de bracelets en descendant l'escalier. Arrivée à sa hauteur, elle lui décocha un coup de poing en rugissant.

« Cela fait six mois ! »

Les clients levèrent leurs verres en saluant son geste. Enkil parut sonné, puis bondit sur ses pieds pour saisir Emma et la souleva au-dessus de sa tête :

« Alors, je t'ai manqué, hein ? »

Emma esquissa un fin sourire, qui disparut lorsqu'elle découvrit Andraste.

« Et c'est qui celle-là ? On n'a pas besoin d'une fille supplémentaire ! »

Elle était maintenant franchement en colère.

« Non, Emma. Personne ne peut égaler tes cuisses. »

Quelqu'un hurla :

« Ni tes poings ! »

Andraste entendit Enkil murmurer au milieu des rires et des exclamations :

« Ni tes lèvres. »

Il caressait amoureusement du bout des doigts le visage d'Emma, et cela la calma tout à fait.

« Karthagena t'attend. Je te préviens, elle est de mauvais poil. »

Enkil se tourna vers Andraste et lui fit signe de le suivre, non sans avoir préalablement récupéré son sac. Ils montèrent l'escalier, Andraste gardait la tête baissée pour ne pas se faire remarquer.

Enkil frappa trois coups, et la porte s'ouvrit. La pièce était sombre, à l'exception d'un brasero.

Andraste murmura :

« Enkil, qui est Karthagena ? »

Une voix féminine et tranchante lui répondit.

« La maîtresse de ces lieux. »

Une jeune fille d'une vingtaine d'années, aux cheveux roux et aux traits durs, la regardait, les bras croisés. Drapée dans une robe vert sombre, finement brodée, elle était d'une beauté renversante. Ses yeux bleus la fixaient en silence. À sa gauche, un rideau sombre devait dissimuler une partie de la pièce, car Andraste devinait un mouvement derrière la pièce de tissu.

« Commençons par toi, Enkil. Que me rapportes-tu ?

— Un sac de cristaux, comme d'habitude.

— Bien, ces crétins de notables en raffolent toujours autant.

— Il y en a cent douze. »

Karthagena fronça les sourcils.

« Il y en a moins que d'habitude. Tu devras repartir dans cent douze jours, tu le sais ?

— Oui, gîte et couvert pour cent douze jours, ça me va. »

Karthagena l'observait, visiblement troublée.

« En fait, il y en a douze, pour elle. »

La jeune femme aux cheveux roux plissa les yeux.

« Tu renonces à douze jours pour elle ?

— Oui. Elle s'appelle Andraste. Elle vient du sud.

— Laisse-nous. Mais je te préviens, je n'ai pas besoin d'une autre fille pour l'allée des plaisirs. »

Enkil sortit de la pièce sans un regard pour la jeune fille. Elle le remercierait plus tard.

« Je sais cuisiner. Je sais faire le ménage, je sais coudre. Je sais me taire.

— Imani n'est pas un lieu pour les filles comme toi.

— Une personne m'a dit que c'était un lieu parfait... pour les gens comme moi.

— Cette personne n'a pas mis les pieds à Imani depuis un bon bout de temps. Puis-je savoir qui est cette personne ?

— Agaric serpe d'or. »

C'est alors qu'un souffle rauque se fit entendre. Karthagena écoutait le murmure, attentive.

« Agaric ? Tu en es sûre ?

— Certaine », répondit Andraste dans un souffle.

Un long silence suivit. Ou plutôt un imperceptible murmure. Avait-elle bien fait de prononcer ce nom ?

« Effectivement, on ne pensera jamais à te trouver ici. Tu peux rester. Tu seras aux cuisines. Tu te tairas, tu feras tout ce qu'on te dira. Tu seras logée avec Liguria, et tu travailleras en échange du gîte et du couvert. Sauf pour les douze prochains jours. »

Travailler pour gagner son pain. Elle avait accompli ces tâches par le passé au service de la Caste, mais par devoir. Ce calcul de la survie au jour le jour était un concept nouveau pour la jeune fille.

Le même souffle rauque provenant de derrière le rideau se fit entendre. Karthagena gardait les yeux intensément fixés sur elle, jusqu'à ce qu'elle baisse le regard sur le tissu qu'Andraste portait en bandoulière.

« Mère me dit que tu as quelque chose qui nous appartient. Quelque chose qui lui est précieux. »

Andraste sortit le grimoire du bout de tissu.

« Est-ce que ta mère sait utiliser ce savoir ?

— C'était son grimoire. Où l'as-tu trouvé ?

— Chez Swig. C'est lui qui lui a volé.

— Tu étais chez Swig ? »

Karthagena la regarda des pieds à la tête.

« Que faisais-tu chez lui ?

— Il m'a torturée. »

Karthagena baissa les yeux, brièvement, comme réprimant une émotion.

« Il fait ça aux filles, oui, car il ne peut les posséder. Il faudra que je me débarrasse de cette vermine un jour ou l'autre, Mère. »

Sous son visage impassible, et son maintien droit et rigide, sourdait une violence qui effrayait Andraste. C'était une violence froide, contenue, qui pouvait se déchaîner sur demande, et n'en était que plus redoutable. La jeune fille se concentra sur la présence derrière le rideau. Il fallait qu'elle sache qui était la vraie maîtresse des lieux.

« Êtes-vous… une magicienne ? »

Le silence se fit opaque dans la pièce.

« Il est des mots qu'il ne faut plus prononcer dans ce monde. Donne-moi le grimoire maintenant.

— Pourquoi allez-vous l'utiliser ?

— Nous ne l'utilisons pas, nous le protégeons de gens comme Swig. »

Andraste donna à contre cœur le livre, et Karthagena, croisant ses bras sur le grimoire contre sa poitrine, la toisa de bas en haut.

« Tu commences donc dans douze jours. Utilise ce temps pour te… familiariser avec les lieux.

— Où est-ce que je vais dormir ?

— Première chambre à droite de l'étage supérieur. Tu partageras ta chambre avec Liguria. J'oubliais… »

Karthagena ouvrit le tiroir d'une commode, pour en sortir une pièce de chiffon.

« Lorsque tu auras tes règles, tu épongeras avec ça, et tu me le rendras.

— Vous voulez mon sang ?

— Oui. »

Andraste était abasourdie. À quoi pouvait bien servir le sang des femmes ici ? Ou bien était-elle la seule à devoir faire ça ?

« Un dernier mot.

— Oui ?

— Tu ne devrais pas te faire remarquer novice. C'est ce qu'on fait tous ici, et c'est comme ça qu'on survit. »

Andraste jeta un dernier regard sur Karthagena, droite, entre un brasero et le rideau. Avait-elle bien fait de venir ici ? En montant à l'étage, elle pensa que Karthagena n'avait pas été franchement hostile, mais pas non plus accueillante. Et comment remercier Enkil pour sa générosité ? Lorsqu'elle ouvrit la porte, elle eut un pincement au cœur : tout de bois, le mobilier donnait une chaleur à son nouveau foyer qui lui rappelait sa chambre et sa sécurité à Etheldrede, la forêt sacrée. C'est en voyant une bassine et un pichet rempli d'eau qu'elle se rendit compte qu'elle était assoiffée. Elle but l'eau, en priant pour qu'elle soit propre, et s'allongea tout habillée par-dessus la couverture, les yeux au plafond. La pièce baignait dans une pénombre rassurante, et les vociférations dans la salle du bas ne l'inquiétaient plus. Aurait-elle dû quitter Samatya pour le Sud ? Lyandre, si elle le revoyait, serait fou d'inquiétude et blâmerait encore son caractère. Elle était là, au cœur de la ville. Par Aum, cela ne pouvait être une coïncidence d'avoir rencontré Enkil ! Et puis si elle était sortie de la ville, elle serait peut-être retombée sur la Caste, et ça, pas question ! Ils convoitaient ses pouvoirs. Maintenant, elle le comprenait. Et si les prêtres de la Caste la retrouvaient ? Mais comme le dicton disait, sois plus proche de tes ennemis que de tes amis. Ici, elle avait plus de chance d'accomplir la vengeance de la magie. De restaurer la magie. Et si elle arrivait à approcher Faraoh ? À exposer sa félonie ? Et si elle arrivait à le tuer ? Pourrait-elle tuer un homme à mains nues ? Ou bien avec une dague ? Kyeudren avait gardé son athamé, sa ceinture avec ses cristaux. Il faudrait récupérer tout ça. Oui, dès demain, elle ferait attention de ne pas retomber dans les griffes de Swig, mais elle pourrait retrouver les enfants rebuts. D'ailleurs, pourquoi ne vivaient-ils pas ici ? Elle ne pouvait attendre des mois pour accomplir quelque chose. Douze jours. Elle avait douze jours pour monter un plan. Elle se tourna sur le côté, serrant son médaillon dans son poing, et s'endormit profondément sur le matelas moelleux.

***

Le capitaine Nagos crispa les doigts sur la console. Les yeux dans le vide au-dessus de la table faiblement éclairée, il attendait. Il allait arracher la plaque sur laquelle avait été étalé l'ADN. Il avait trouvé une trace du transfuge numéro deux. Un fin cheveu blond. La fréquence électromagnétique du dôme surveillé en permanence avait brutalement augmenté, à deux endroits différents. Et s'ils étaient arrivés à temps pour trouver l'elfe inconscient, l'autre s'était échappé. Et Nagos ne croyait pas aux contes de son enfance, faits de chimères et autres créatures sorties des légendes. Non, tout cela, si ça avait existé, n'était plus. Il n'y avait plus que la paix, mince et fragile à maintenir, et d'autres territoires en dehors de Renova à pacifier. Son cœur s'accéléra : Lyandre avait bien menti. Il n'y avait pas de créature ailée. La forme qui se dessinait sur la table, accroupie, et bougeant lentement, à l'affût, était une forme humaine. Le capitaine sentit quelque chose qu'il n'avait jamais ressenti alors : son cœur battait toujours plus fort. C'était comme un instinct de traque qui revenait à la surface. Et qu'il lui fallait juguler. Oui, il en était capable. Il ferma les yeux, inspirant profondément. La discipline de combat et de soldat lui avait enseigné la maîtrise, le souffle, la concentration. Mais la sculpture au laser ralentit puis se figea. Aucun visage n'apparaissait. Il pianota sur quelques touches, relançant l'analyse ADN, et la modélisation.

« Vous travaillez tard, capitaine. »

Nagos se redressa et tendit les bras le long du corps dans un réflexe de soldat.

« Sénateur Elijah. »

Il avait pris sa gélule de Pax, les mots du sénateur coulèrent donc le long de son échine sans l'atteindre :

« Le Gardien attend vos résultats.

— Mon instinct ne m'a jamais trahi.

— Oui…, votre instinct. Mais voyez-vous, ce n'est pas votre instinct qui devrait vous aider. L'instinct est ce qui provoque chaos, conflit, dissension. Et nous ne voulons rien de cela, n'est-ce pas, capitaine ?

— Non, sénateur. Mais j'avais pensé que…

— Vous aviez pensé ? »

Elijah se dressa devant Nagos, et posant ses mains sur les épaules du soldat, il le regarda avec une fausse lueur de compassion dans ses yeux bleu sombre.

« Vous êtes un soldat. Le plus courageux, et le meilleur soldat. Notre élite. Celui qui réhabilite la milice.

— Oui, sénateur.

— Agissez en soldat. Appliquez les ordres.

— Je fais plus qu'appliquer les ordres. Je fais mon devoir. C'est ce que tout citoyen de Renova devrait s'appliquer à faire, y compris les sénateurs. »

Elijah eut un petit rire et lâcha les épaules de Nagos. Il entreprit de brosser du bout des doigts l'uniforme noir toujours impeccable du capitaine.

« Vous savez, c'était un conseil d'ami. Votre place... est enviée par beaucoup, et qui seraient prêts à sauter sur l'occasion au moindre faux pas. À la moindre faiblesse de votre part. Mais vous le savez déjà, n'est-ce pas ?

— C'est tout l'avantage d'être un soldat, sénateur : nous ne craignons pas l'affrontement quand il est nécessaire. Et nous croyons à notre cause.

— Notre cause commune. »

Le silence plana un moment. Elijah l'étudia un moment.

« Il paraît que vous avez fait une prise intéressante lors de votre dernière descente chez les rebuts.

— Oui, et tout a été déposé et déclaré à la Banque centrale. Le coffre de Renova protégera parfaitement ces reliques.

— Oui. Très bien... »

Il se retourna alors vers la tablette. Nagos attendait patiemment. Elijah, avec attention, les bras croisés dans le dos, comme à son habitude, tourna autour de la silhouette qui se mouvait au ralenti sur la console de modélisation. Elijah avait reçu lui aussi un entraînement militaire, et avait longtemps été le favori pour reprendre la tête de la milice. Mais c'était Nagos, à la loyauté sans failles, et plus expérimenté, qui avait été désigné pour le poste par Faraoh, le Gardien.

« Est-ce que c'est un humain donc ?

— Une fille... ou un adolescent. Le signal se brouille.

— Remettez-vous en doute la technologie offerte par Faraoh ?

— Pas le moins du monde.

— Alors c'est que votre prélèvement ADN n'a pas été correctement fait. »

Nagos resta inexpressif.

« Le Gardien de la Nation et le Sénat attendent avec impatience vos résultats. »

Le capitaine hocha simplement la tête, et Elijah, voyant qu'il n'avait aucune prise sur ce soldat aussi lisse que son uniforme, quitta le laboratoire. Il bouillonnait de rage à l'intérieur. Chaque prise qui lui échappait le privait d'argent, de pouvoir, d'alliés pour son plan.

Chapitre 6

Karthagena essuya de son index la couverture du grimoire, les yeux toujours fixés sur la porte, qu'Andraste avait refermée quelques minutes auparavant.

« Qu'en pensez-vous, Mère ? »

La voix rauque, presque inaudible s'éleva de derrière le rideau.

« Je pense que nous devons redoubler de vigilance et continuer à collecter le sang.

— Pourquoi ne m'avez-vous jamais appris la magie, Mère ? »

La jeune femme aux yeux verts allait ouvrir le livre, quand la voix l'arrêta :

« Parce que tu as un autre destin.

— Mais quand vous ne serez plus…, qui protégera Imani de la milice, de Faraoh ?

— Donne-moi le grimoire. »

Karthagena poussa le rideau en réprimant un soupir d'agacement pour passer de l'autre côté. Sa mère, voûtée par les ans, le front dégarni, mais étonnamment peu ridé, se tenait assise à un pupitre. Elle tremblait légèrement de la main, et pourtant, elle saisit le grimoire d'une main sûre. La vieille femme, aux cheveux légèrement auburn tirés en arrière et tombant librement sur son dos, poussa un soupir de soulagement lorsque le livre fut entre ses mains, et qu'elle le déposa sur son pupitre face à elle. Karthagena s'approcha, les bras croisés, le menton haut :

« Il faudra s'occuper de Swig. La dernière fois, c'était nos réserves de viande, maintenant le grimoire.

— Quelqu'un va s'en charger pour nous. »

Karthagena observait le dos de sa mère, où elle devinait les reliefs de sa colonne vertébrale sous le tissu rouge sombre, et leva un sourcil, attentive à ce que sa mère allait dire. Mais le souffle court, les doigts osseux mais aussi agiles que son esprit, elle tournait fébrilement les pages de son précieux grimoire pour s'assurer qu'aucun sortilège n'avait été arraché.

« De grandes choses vont s'accomplir. Nous devons être prêtes, ma fille, et redoubler de vigilance.

— Nous serons prêtes. Même si ce serait plus facile si vous me disiez plus clairement les choses... »

La vieille femme leva les yeux, laissant son regard errer sur la fenêtre d'où l'on entendait les bruits de la ruelle. Ses yeux n'avaient pas vu la lumière du jour depuis des années, depuis que Faraoh avait tenté de les enterrer vivants sous sa ville nouvelle aux tours d'aciers. Aujourd'hui, elle voyait enfin une lumière poindre à l'horizon. Certes, il y aurait des morts : mais il y en avait déjà eu tellement. Cette fille allait tout changer. Elle avait immédiatement reconnu l'odeur de son sang qui battait dans son cœur. Sigrid se leva et prit sa bassine en cuivre dans laquelle elle devina son reflet pâle et ses yeux injectés de sang. Elle y jeta des herbes et cracha dedans. En fermant les yeux, elle leva la bassine en adressant ses prières à Iglal, dieu de la mort et des enfers, pour voir au-delà du peu de temps que lui accordait la vie.

« Que Faraoh meure dans d'atroces souffrances... », psalmodiait-elle, mais dans le langage ancien des magiciennes et des sorcières, utilisé pour les murmures et incantations adressés à l'invisible.

Devant le silence indifférent de sa mère, Karthagena se détourna, tirant d'un coup sec le rideau vert sombre qui pendait lamentablement. Elle abandonna la vieille femme à ses pensées et à ses rites. Elle ferma soigneusement la porte à double tour, même si la sorcière rouge savait se défendre. Il fallait bien une sorcière rouge pour protéger les rebuts. Elle s'arrêta un instant dans ce couloir qui surplombait la salle principale, caressant de sa main le bois verni. Elle observa un instant les assoiffés et autres rebuts chanter joyeusement dans l'insouciance la plus complète en buvant de la bière et des décoctions de marula. Les idiots. Ils consommaient leur maigre fortune ici pour oublier. Elle, Karthagena, avait eu la chance d'être adoptée par Sigrid : jamais elle ne retournerait dans la rue. Il y avait autre chose que la magie qui pouvait la protéger : la stratégie. Elle épousseta sa robe et se dépêcha de monter dans sa chambre, le menton haut : elle aussi avait ses plans, dont elle ne dirait rien à sa mère.

***

Andraste ouvrit brusquement les yeux en sentant une présence près d'elle. La jeune fille s'assit sur son lit, l'esprit encore embrumé. Une fille à peine plus âgée qu'elle, le teint ambré, les cheveux mi-longs et sombres, la fixait de son œil unique, l'autre étant bandé par un morceau de tissu noir.

« Tu es Liguria ?

— C'est toi qui as pris l'eau ?

— Euh… oui.

— C'était mon eau.

— Excuse-moi.

— Qui t'a dit de t'installer ici ?

— Karthagena. »

Sentant l'hostilité poindre dans le ton de Liguria, Andraste voulut se lever, mais poussa un cri de douleur.

« Qu'est-ce que tu as ?

— J'aurai de la chance si ce n'est qu'une côte cassée. Écoute, j'ai eu une journée éprouvante… Donc…

— Tu devrais montrer ta blessure à Sigrid. »

Andraste se rassit sur le lit en se tenant les côtes et en retenant une grimace.

« Qui est Sigrid ?

— La sorcière rouge, la mère de Cassandra. »

Andraste cligna des yeux, le regard fixé sur les rainures du bois au sol.

« Une reste, une vit. »

Les mots martelaient son crâne, tandis que l'image de la Dagyde qui l'avait attaquée dans la forêt resurgissait. La créature avait donc dit vrai. Mais qu'avait-elle dit d'autre ? Après un moment de réflexion, Andraste leva les yeux vers Liguria.

« Ah, je vois. »

Il lui fallait mesurer ses mots ici, au cœur de ce nid de vipères.

« C'est donc pour ses rituels qu'elle m'a demandé de collecter mon sang lorsque j'ai mes règles ? »

Liguria hocha la tête silencieusement. Assise sur le lit, elle appuyait son dos au mur, les pieds arc-boutés sur le bord du lit, son visage était à demi caché dans l'ombre.

« Excuse-moi encore pour l'eau. J'irai t'en chercher. Mais pour le moment, j'ai vraiment besoin de dormir. »

Andraste se rallongea, réprimant un cri de douleur. Il lui

faudrait chercher de l'eau et manger. Survivre. Ensuite, elle verrait.

Elle perçut dans le lointain la voix de Liguria s'élever dans les brumes de la somnolence qui se répandait dans son corps.

« Tu devrais vraiment aller voir Sigrid. »

Mais Andraste était loin déjà, dans un sommeil sans rêves.

Lorsqu'elle se réveilla, la pièce était vide. Elle roula sur le côté, en se tenant les côtes. Plus de lumière. Elle se leva avec précaution et constata qu'un léger tiraillement demeurait. Si elle pouvait traverser la salle sans se faire remarquer, elle pourrait s'enfuir. Elle ouvrit la porte, qui par miracle ne grinça pas. Le couloir était plongé dans l'obscurité tenace et silencieuse. Il y avait au moins une dizaine de portes en enfilade dans le couloir. Toutes fermées.

« Pourvu que personne ne sorte... »

Elle s'engagea, longea le mur, et glissant comme une ombre, elle avait presque atteint l'escalier lorsqu'elle entendit un cri :

« Oh ! Emma... »

Ce cri et le gémissement plaintif qui suivit l'arrêtèrent net. Mais au son des chairs entremêlées, elle comprit qu'Enkil occupait la chambre d'Emma et partageait les plaisirs de la déesse avec lui. Elle poursuivit, doucement, non sans une pensée pour Enkil. Il avait sacrifié douze jours de sa paye pour elle. Est-ce qu'il pourrait les récupérer auprès de Karthagena ? Elle s'arrêta à nouveau, en se mordant les lèvres. Si elle récupérait ses affaires qu'elle avait laissées chez les enfants, elle pourrait le rembourser. Elle se figea complètement lorsque Liguria surgit devant elle.

« Tu es levée.

— Oui. Ça va mieux. »

Liguria leva le menton.

« Tu es allée voir Sigrid ?

— Non. Ça va aller, je…, j'avais surtout besoin de repos. Ça va guérir tout seul.

— Suis-moi. On va chercher de l'eau. »

Andraste opta pour la solution la plus simple : elle suivit docilement Liguria.

« Tu es vierge ? lui demanda celle-ci.

— Quoi ?

— Tu étais curieuse de savoir ce qu'Emma faisait à Enkil ?

— Je voulais remercier Enkil.

— Je crois qu'il t'a déjà oubliée dans les bras de sa favorite. »

Liguria avait donc de l'humour. Andraste eut un petit rire, et elles traversèrent ensemble la salle principale, au milieu des rebuts. Andraste nota que Liguria attirait les regards, mais les hommes gardaient leurs distances, et redevenaient calmes à son approche. Liguria saisit un récipient haut dans une matière rigide. Elles sortirent, Andraste sur les traces de Liguria. Une raideur dans la nuque lui indiqua qu'elle gardait la tête légèrement inclinée comme certains animaux craintifs. Elle inspira à fond, se redressa et se dit : *Tu n'es pas une victime.*

Mais elle repensa aux blessures infligées par Swig, et à la morsure de ses pinces. Elle se frotta les côtes. Elle avait guéri vite. Une nuit avait suffi. Mais faisait-il vraiment nuit ?

« J'ai dormi longtemps ?

— Quelques heures. Karthagena m'a dit de te montrer le chemin. Tu iras chercher de l'eau deux fois par jour. »

Les rues étaient plutôt propres, et des petites créatures traversaient les rues. Andraste crut voir un Tomte se dissimuler entre deux planches de bois. Elles arrivèrent bientôt à un mur en béton au milieu duquel elle vit une porte métallique où une barre en métal empêchait le passage.

« Qu'est-ce que c'est ? »

Liguria la regarda, incrédule :

« C'est Renova. »

Andraste laissa son regard courir sur la paroi gigantesque. Elle y appuya sa main, et fut étonnée de la texture lisse, légèrement rugueuse. Elle s'imprégna de la fraîcheur, et se concentra pour percevoir le hêka. Mais rien. Ce n'était qu'une surface froide et sans âme.

« Allez, viens, bizarro.

— Je suis pas bizarro. C'est la première fois que je viens ici. »

Liguria souleva la barre métallique à deux mains et ouvrit la porte en tirant d'un coup sec.

« Attention à pas te laisser enfermer dedans, mais referme bien la porte quand tu repars.

— Pourquoi, qu'est-ce qu'il y a à l'intérieur ?

— La milice de Faraoh qui vient inspecter. Ils passent devant sans voir cette porte grâce aux sortilèges de Sigrid. Mais toi, ils te verront. »

Liguria fit un signe de tête et elle entra dans ce qui s'avéra être un couloir circulaire, au sol et aux murs en béton. Andraste nota les épais tuyaux fixés au plafond, et la même lumière crue que dans le tunnel par lequel Enkil l'avait menée.

« Liguria, c'est quoi ces lumières ?

— Ça ? C'est du courant électrique. Même à Oltahisar, ils en ont.

— Je viens de plus loin. Là où il n'y a rien de tout cela. »

Andraste s'était arrêtée, pensive, et fixait la lumière, hypnotisée. C'était… autre chose que de la magie.

« Tu veux que je t'accorde un moment seule avec la lampe ? » se moqua Liguria.

La jeune fille se renfrogna, et rejoignit sa guide qui s'était arrêtée plus loin.

Elles marchèrent quelques minutes tandis qu'Andraste restait pensive. C'était donc ça la science de Faraoh. Quel cadeau merveilleux... Pouvoir éclairer sans feu, juste, comme par... Andraste ne pouvait s'enlever de la tête le mot magie. Comment expliquer autrement cette merveilleuse lumière apparue de nulle part ? Sur la gauche, une autre porte surmontée d'une lumière rouge, et plusieurs fils joints par une ficelle, posés là à la va-vite pendaient sur le côté.

« Bon, tu prends ça. »

Liguria sortit un étrange objet métallisé rectangulaire de sa veste rapiécée, et elle brancha deux fils dans ce qui était en réalité un boîtier.

« Tu attends la confirmation que c'est O.K. Rouge non, vert oui, la voie est libre. T'as compris ?

— Oui. »

Rien ne s'alluma sur le boîtier. Elles patientèrent quelques instants, et soudain, la lumière rouge vira au vert. Liguria ouvrit la porte précautionneusement et elles s'engagèrent dans une salle circulaire, où trois gigantesques cylindres de verre étaient au centre. Andraste et Liguria se trouvaient sur une des passerelles au-dessus du vide, menant aux trois cylindres. Andraste retint son souffle.

« C'est quoi cet endroit ?

— C'est le cœur de Renova. »

La jeune femme à l'œil bandé pointa du doigt les trois tubes.

« Le premier, c'est de l'eau. Le deuxième et le troisième, je ne sais pas. Mais Sigrid les a fait gouter, et ça n'est pas de l'eau. Peut-être la réserve de Pax, le sérum que prennent tous les Rénoviens. »

Elle déposa alors son récipient, qui faisait presque un mètre de haut, sous une canalisation.

« Tu restes bien sur cette passerelle, c'est la plus proche de la sortie. Tu prends ce tuyau flexible, tu dévisses l'embout ici, tu branches le tuyau là, et tu laisses s'écouler l'eau dans ta hotte. Et une fois que c'est fini, tu revisses, tu récupères tout, et tu charges la hotte sur ton dos, grâce à ces sangles. »

Andraste observait les gestes de Liguria. C'était un procédé ingénieux.

« En direct du cœur de Samatya... ou Renova, on s'approvisionne en eau. On n'a pas encore trouvé le moyen de s'alimenter à la source. Mais ça viendra. Faut juste creuser. »

Andraste était émerveillée par l'eau translucide, pure, qui s'élevait à travers la paroi translucide dans toute sa majesté. Elle voulut s'approcher, attirée par cette lumineuse colonne, mais la jeune femme l'arrêta.

« Eh ! Restes dans les habitudes.

— Qu'est-ce qu'il y a de l'autre côté ?

— Comment ça ?

— La passerelle fait le tour de ces tubes, alors… il doit y avoir d'autres portes. Ça mène où ?

— J'imagine qu'il y a le reste des merveilleuses installations de Faraoh. Allez, on y va. Et puisque t'es remise, porte l'eau. »

Andraste saisit les sangles, et en un souffle, elle chargea la hotte sur son dos. Elle grimaça un peu, sentant un léger pincement dans son côté droit.

« Et si tu croises quelqu'un, tu balances la hotte dans le vide, et tu cours. Personne ne risquera sa peau pour la tienne à Samatya. Compris ?

— J'ai compris. »

Elles retournèrent en silence par le couloir aux épais tuyaux, et Andraste se promit d'explorer plus tard cet endroit. Le cœur de Renova… Ils étaient donc réellement en dessous de Renova. Faraoh était là, quelque part, protégé par sa garde, la milice. C'était décidé. Elle restera et trouvera un moyen de s'approcher de Faraoh. Mais pour quoi faire ? Certes, il avait banni la magie. Et il avait fait assassiner des honnêtes gens. Mais… sa science avait amélioré le sort des êtres humains. Pouvait-il changer d'avis à propos de la magie ?

Chapitre 7

L'homme observait la Mesmérienne à la peau bleutée et aux yeux rouges. Il n'était pas seulement un soldat. Il se sentait l'âme d'un enquêteur auprès de ces notables où les apparences toujours soignées cachaient les immondices de la nature humaine. Là-haut, à Renova, le capitaine était garant de l'ordre. Il lui arrivait d'explorer les bas-fonds pour examiner ce qu'il ne comprenait pas. Mais ici, il fallait corriger, remettre dans le droit chemin.

S'accoupler avec une Mesmérienne était évidemment proscrit. Elle avait enlevé ses vêtements, langoureusement, et, assise sur lui, elle jouait de tout son poids sur son entrejambe. Nagos la laissa faire tandis qu'elle prenait sa main et la guidait le long de ses côtes, de son nombril, jusqu'à sa fleur intime. Un parfum entêtant emplit ses narines et réveilla quelque chose qu'il savait faire taire. Maîtriser ses sensations physiques, ses instincts, ses pulsions, était simple. Il suffisait de le vouloir. Il retira sa main de la Mesmérienne, et, les bras posés sur les accoudoirs du fauteuil, il observa la créature comme ce qu'elle était : un morceau de chair appartenant bientôt au passé. Un élément à éradiquer pour la gloire de Renova. Pour la cause commune.

Le capitaine Nagos, chef de la milice et directeur du service de lutte contre les rebelles Sectaires, était assis dans une pièce plongée dans l'obscurité. Lorsque la Mesmérienne s'agenouilla devant lui pour user un autre savoir-faire, il arracha son casque. Il en avait assez vu. Il sortit de la salle et remonta le couloir par lequel il était entré. En arrivant dans le salon, où résonnait une musique sirupeuse parmi les convives qui riaient, il s'arrêta au milieu, et sans prêter attention aux personnes qui le regardaient, il sortit son oreillette, et dit d'une voix distincte :

« Ici le capitaine Nagos, vous pouvez entrer. »

À ces mots, ce fut la ruée. Les personnes bondirent des fauteuils pour se précipiter vers la sortie, mais lorsque les portes de l'ascenseur s'ouvrirent, la milice sortit, arme au poing.

« Reculez ! Allez, reculez ! »

Une femme à la longue robe grise soyeuse se précipita, levant les mains paumes ouvertes en signe d'apaisement :

« Ce n'est qu'un jeu innocent. Une distraction que j'offre à mes invités. Rien de plus.

— Vous trahissez la cause, dame Sirice. L'accouplement avec une créature est formellement interdit.

— Mais ce n'est qu'une image. Un petit jeu d'illusion.

— Une image qui réveille en l'individu des pulsions.

— Oh… Mais non, voyons… Nous prenons tous du Pax et en sommes satisfaits.

— Vraiment ? Vous ne reculerez pas devant l'examen, je suppose. »

Dame Sirice devint pâle et recula d'un pas, mais Nagos fut plus rapide et lui saisit le bras. Appliquant son détecteur, un boîtier au métal froid mais souple, sur le poignet, il vit l'indicateur négatif de couleur rouge apparaître.

« Dame Sirice. Depuis combien de temps ne prenez-vous plus de Pax ? »

Dame Sirice garda les lèvres serrées.

« En plus de trahir la cause, vous avez menti. Le Sénat décidera de votre sort. »

Nagos passa lui-même les menottes aux poignets de dame Sirice, et celle-ci lui agrippa le col :

« Et si je dénonçais celui qui a créé ce programme ? Est-ce que le Sénat... montrerait clémence ?

— Je vous entendrai tout à l'heure. Tout aveu qui montrerait votre retour parmi nous, au service de la cause, sincère et authentique, sera le bienvenu. »

Dame Sirice se laissa emmener, une faible lueur d'espoir dans les yeux. Il n'y avait pas de condamnation à mort dans Renova, juste l'exil. Mais elle n'était qu'à demi rassurée.

Les miliciens tinrent les individus en respect pendant qu'on leur passait menottes et qu'on les menait au centre de détention. Lyandre pensa : *Ce Nagos est un très bon pisteur. Il ne lâche aucun indice, revient dessus. Un vrai chien de chasse au service de Faraoh. Heureusement qu'elle est loin.*

***

Comment faire ? Elle avait ses règles depuis deux jours, et ne pourrait bientôt plus le cacher. Liguria lui avait déjà lancé quelques regards appuyés lorsqu'elle retournait dans la chambre. Allait-elle le dire à Karthagena ? Quelque chose la retenait de donner son sang à la sorcière rouge. *Et si elle détectait la bête en moi ? Je ne sais même pas ce que c'est, je n'arrive pas à la contrôler, mais Sigrid voudra peut-être soumettre la bête pour l'utiliser. Si elle prend le contrôle de la bête, je disparaîtrai. Je pourrais ne plus jamais redevenir moi-même. Ce serait comme mourir.* Mourir. Jusqu'à sa confrontation avec Swig, elle n'avait jamais pensé qu'elle pourrait mourir jeune. Il y avait Lyandre avec elle face au Tengu. Ici, elle était seule. Elle n'arrivait pas à se repérer dans Imani, les douze jours qu'Enkil lui avait offert étaint bientôt écoulés. Elle n'avait pas de plan. Et maintenant ses règles était un problème de plus. Elle essaya d'adopter une démarche naturelle, les yeux baissés, jetant des regards en coin pour voir si personne ne la suivait. Mais personne ne semblait prêter attention à cette gamine aux traits pâles, les cheveux sales comme tout le monde. Elle tourna quelques rues et là, elle trouva un monticule de déchets. Remuant du pied quelques immondices, elle jeta ses bandes de tissu ensanglantées, et les recouvrit. Elle n'avait jamais vu d'animal errant dans Imani et cette partie de Samatya. Pas même un rat. Elle frissonna en pensant à la nourriture servie aux rebuts. Certes, Karthagena avait des accords avec des notables et des contacts avec le monde extérieur pour se fournir en nourriture, mais cela ne suffisait pas. Andraste allait se détourner lorsqu'elle sentit clairement une présence. Son cœur s'emballa légèrement, car elle n'avait aucune arme. *Calme-toi. La rue est déserte. S'il avait voulu te violer, il l'aurait déjà fait.*

Elle se détourna et reprit sa démarche lente et mesurée et tourna dans une ruelle. Au premier renfoncement qu'elle trouva, elle s'y dissimula, et fit appel à un sortilège simple. *Je suis invisible, personne ne peut me voir.* Andraste ralentit son cœur de plus en plus, se répétant intérieurement ces mots. *Je n'existe plus, personne ne peut me voir…* Jusqu'à sentir les limites de son corps devenir de plus en plus fines. Soudain, elle entendit un bruit de pas étouffé par le sol battu. Il semblait hésiter, puis accéléra au moment où il passait devant elle. Andraste se jeta sur lui, le faisant rouler à terre, et elle allait le frapper, lorsqu'elle reconnut l'homme :

« Kyeudren ? »

Le jeune garçon la fixait, hébété, les vêtements couverts de poussière.

« Tu me suivais ? »

Il prit un air gêné, et se relevant vite, épousseta ses vêtements. Il avait abandonné sa tunique et son pantalon grossier de couleur grise et portait des vêtements en bien meilleur état que ceux d'Andraste. Elle recula de quelques pas et lui demanda.

« Qu'est-ce que tu fais ici ? À part me suivre... »

Il releva la tête et dit d'un air faussement détaché.

« Je travaille ici maintenant...

— Quoi, à Imani ou dans cette partie de la ville ?

— À Imani.

— Donc, pour Karthagena.

— Tu as toujours posé beaucoup trop de questions.

— Pourquoi es-tu venu ici ? Dans l'autre partie, tu étais libre. À présent... où sont les autres enfants ?

— Je les ai laissés sous bonne garde. Ils sont trop jeunes pour venir ici, mais moi..., j'ai l'âge donc, soit je me fais cueillir par la milice qui va me refondre le cerveau, soit je trouve un moyen de passer au sud. Ou mieux, je deviens riche à Renova.

— Je suppose que tout ce que j'ai laissé... ma besace... vous l'avez déjà vendu ? »

Kyeudren se balança d'un pied sur l'autre et dit pour s'excuser :
« Eh bien, si ça peut te faire du bien, sache que nous avons
mangé à notre faim pendant des jours et des jours. »
Andraste eut un demi sourire.
« Je ne t'en veux pas. J'aurai… fait de même. Moi aussi j'ai
connu la faim. Mais Kyeudren… »
Elle s'approcha de lui et l'implora :
« Karthagena vous tient tous dans le creux de sa main avec
ça. Elle vous fait croire que vous deviendrez riches, de
futurs notables… Mais elle est pire que Swig.
— Au fait…, comment tu as fait pour lui échapper ?
— La milice est arrivée.
— Ouais… Ils continuent de le chercher. Ils ratissent en fait la
partie nord-ouest de la ville pour se débarrasser d'eux. »
Andraste croisa les bras. Voilà qui était intéressant.
« Dis-moi, que se passe-t-il quand la milice te chope ?
— T'inquiète pas, ils n'arriveront pas jusqu'ici.
— Je sais. Mais dis-moi.
— Eh bien… Si tu es encore tout petit, ils te font un lavage de
cerveau, ils t'injectent leur saleté de produit et tu deviens un
mouton obéissant.
— Et si tu as notre âge ?

— Les garçons subissent un lavage de cerveau intense, et un entraînement militaire de haut niveau. Seuls les meilleurs sont gardés par la milice.

— De quoi briser les volontés les plus fortes. Et les filles ?

— Il faut garder un équilibre. Alors, je suppose qu'il y en a qui sont... éliminées. Les filles ne sont pas acceptées dans la milice, et les enfants ne naissent pas des femmes à Renova. Alors... à quoi serviraient-elles ? »

Andraste fixait le bout de ses chausses. Oui. Éliminées, ça semblait logique.

« Tu me suis donc pour le compte de Karthagena ? »

Kyeudren baissa les yeux, décontenancé.

« Réponds !

— Je... Oui.

— En échange de quoi ? »

Le jeune garçon rougit jusqu'aux oreilles.

« Peu importe », bredouilla-t-il.

Andraste le saisit par le col et le plaqua violemment contre le mur.

« En échange de quoi ? »

Kyeudren lui saisit les poignets en protestant.

« Ça va, ça va..., lâche-moi ! »

Andraste le lâcha, mais continua de le fusiller du regard.

« La première fois où je suis arrivé, il y avait la fille brune qui fait ces trucs avec les tissus à l'entrée... Elle... Elle m'a fait un signe et je l'ai suivie dans sa chambre. Mais... je savais pas qu'il fallait payer. »

Andraste éclata de rire.

« D'accord..., contre un peu de tendresse féminine donc. »

Kyeudren, vexé, détourna les yeux et serra brièvement les mâchoires. Il devait avoir quinze ans, l'âge des premiers émois.

« Eh bien, j'espère que ça en valait la peine, Karthagena te tient entre ses griffes.

— Elle cherche quelqu'un qui serait particulier. Que la milice aurait tout intérêt à trouver », lui dit brusquement Kyeudren.

Andraste arrêta de rire.

« Je ne lui ai rien dit, ne t'inquiète pas. »

Andraste fut soulagée et respira à nouveau.

« Pourquoi ? »

Il haussa les épaules.

« Je t'en devais une. Les enfants sont libres grâce à toi. Libres de Karthagena ou de Swig. »

Andraste laissa son regard errer sur la poussière des rues.

« Comment ça se fait qu'il y a des enfants ici ?

— Les prostituées ne gardent pas leurs enfants. Il faut bien que quelqu'un les recueille. Ce n'est qu'adulte qu'on devient utile. »

La jeune fille se détourna en entendant ces mots si durs, et si vrais ici dans les décombres de Samatya. Et si elle était née ici, que serait-elle devenue ? Aurait-elle rejoint les rangs des entraîneuses de Karthagena ? Sa mère était-elle une prostituée ? Ses vêtements semblaient trop riches pour une fille de joie.

« Je dois retourner à mes tâches.

— Et... euh... concernant ce que j'ai vu... Qu'est-ce que je dois dire ?

— Comme tu veux, Kyeudren. Prends soin de toi. »

Et elle se dirigea d'un pas rapide vers ce qui était devenu son foyer. Si Karthagena voulait savoir qui elle était, elle allait lui montrer. Elle avait cru qu'il fallait se cacher. Et si c'était l'inverse qu'il fallait faire ? Elle traversa la salle commune, furieuse, monta les marches quatre à quatre, et ouvrit la porte de Karthagena à la volée. La pièce était vide. C'était pourtant sa chambre. Une voix rauque répondit à sa question silencieuse, et Andraste se figea :

« Approche... Si tu n'as pas trop peur. »

La jeune fille sentit son cœur battre un peu plus fort, mais ne se démonta pas. Elle ferma la porte derrière elle et vint plus près du rideau qui s'effilochait mais restait opaque.

« Tu sais que je pourrais prendre ton sang maintenant sans te demander ton avis si je le voulais ?

— Essayez. »

C'était bien évidemment stupide, et Andraste regretta ses mots.

Chapitre 8

Une main invisible, aussi puissante que celle d'un Tengu, vint enserrer sa gorge. Mais Sigrid la relâcha presque immédiatement. Andraste toussa un peu, et se redressa aussitôt.

« Comment avez-vous fait ? Sans formule ni…

— Les sciences du hêka sont vastes, et tu as à peine commencé ta formation.

— Ma tutrice m'a mise en garde contre la magie rouge.

— Et sais-tu ce qu'est la magie rouge ?

— C'est de la magie pour manipuler les gens et le chaos… les événements.

— C'est vrai qu'à ne rien faire du tout, la situation nous échappe. On voit le résultat pour la Caste. »

Sa voix était étonnamment ferme à présent, comme si la sorcière s'était réveillée après un long sommeil.

« Vous êtes une sorcière rouge. La dernière.

— Qu'est-ce qui te fait croire que je suis la dernière ? »

Le rideau s'écarta brusquement et Sigrid fut devant elle. Le front dégarni jusqu'au milieu du crâne, et le reste des cheveux dissimulés par une coiffe rouge sombre, les sourcils avaient disparu. La peau pâle, avec une veine sous l'œil gauche qui transparaissait, des lèvres fines, Sigrid se déplia de son fauteuil, tel un parchemin flétri par les ans, et s'avança vers Andraste pour la regarder plus attentivement.

« Je suis Sigrid.

— Vous avez aidé Faraoh.

— Oui.

— Vous avez créé des choses, vivantes, des Dagydes pour qu'elles se battent pour lui.

— Oui. J'ai fait toutes ces choses. Et pire encore. »

Sigrid semblait ne pas se soucier de l'opinion de la jeune fille, mais elle étudiait ses traits.

« Pourquoi avez-vous trahi la Caste ?

— Il y aurait eu trahison si je leur avais fait une promesse. Ça n'est pas le cas.

— Vous avez choisi la magie au lieu de... »

Mais Sigrid, agacée, eut un mouvement d'humeur, et d'un geste, elle reprit son emprise sur la gorge d'Andraste.

« Assez. Tu ne sais rien. J'ai voulu rejoindre la Caste et ils n'ont pas voulu de moi. Alors, j'ai choisi un autre chemin, mais qui m'a menée plus loin. »

Et elle relâcha Andraste qui dut se pencher pour reprendre son souffle cette fois-ci. Sigrid murmura :

« Tu n'as jamais trouvé bizarre qu'il faille des formules pour lancer des sorts ? Quand l'être humain a tant de volonté ? »

Sigrid marquait un point.

« Tu n'as jamais trouvé injuste que la Caste garde ce savoir secret ? Pour les élus de leur choix, selon leurs critères ?

— Si…, admit Andraste.

— Et qu'ils distillent au compte-gouttes leur savoir ? Même en temps de guerre ?

— Si… »

Andraste dut l'admettre. Sigrid disait à voix haute ce qu'elle pensait tout bas et ce que Lyra, son autre tutrice, avait un jour dit à Cassandra. Sigrid soudain lui ordonna :

« Viens avec moi.

— Où ? » demanda la jeune fille en regardant autour d'elle.

Sigrid lui saisit le poignet, et elles se retrouvèrent instantanément toutes deux dans une pièce aux lourdes tentures décorant les murs. Andraste cligna des yeux. Le tissu rouge sombre laissait voir des femmes nobles, sans doute, puisque richement habillées, entourées de licornes. L'une assise face à un lion, ses sabots délicatement posés sur les genoux d'une femme à la robe bleu clair, une autre, cabrée devant une femme debout face à un dais. Le parquet luisait de la lueur des flammes de la cheminée. À bien y regarder, c'était exactement la même pièce, mais ailleurs.

« Bienvenue. »

Andraste se retourna et découvrit avec stupéfaction le visage de Sigrid qui avait rajeuni de plusieurs décennies.

« Tu aimes ?

— Euh... oui. J'aime beaucoup la décoration. »

Andraste étudia plus attentivement les traits de la sorcière rouge. Le front haut, les yeux en amande, le nez mutin, et le visage triangulaire, Sigrid était, ou avait été une très belle femme.

« Vous êtes la sœur de Cassandra. »

Sigrid baissa les cils, mais ne laissa rien paraître de ses émotions.

« Oui », dit-elle simplement.

Andraste continua de contempler son visage.

« Comment va-t-elle ?

— Elle allait bien. Je ne sais aujourd'hui.

— Tu n'es plus en contact avec elle ?

— Non. Elle... Elle vit dans Etheldrede.

— Tu n'as pas un moyen de la contacter ?

— Non. »

Sigrid la fixa quelques secondes et comprit qu'Andraste disait la vérité. Elle eut l'air légèrement déçue. Andraste lui dit doucement :

« Je crois que vous lui manquez beaucoup aussi. »

Sigrid releva la tête.

« Elle m'a parlé de vous. Brièvement. Par pudeur, j'imagine. »

— Oui. C'est bien ma sœur, dit pensivement la sorcière rouge.

Soudain, elle saisit le poignet d'Andraste en appuyant sur les veines intérieures. Le visage résolu, elle changea de pression, de doigt, et regarda étrangement Andraste.

« Je l'ai senti tout à l'heure en te touchant. Quelqu'un d'autre t'a enseignée.

— Oui. Une Daikini », souffla la jeune fille.

La curiosité de Sigrid fut piquée au vif.

« Des Daikinis ? Combien en restent-ils ?

— Aucun. Ils sont partis. Sauf elle. Elle était restée pour moi…, et elle a disparu. La forêt commençait à changer. »

Sigrid se détourna, croisant les mains dans son dos et fit quelques pas dans la pièce, songeuse.

« Où est-ce qu'on est ?

— Dans une annexe de ce monde.

— Une annexe ?

— Comme un espace-temps non utilisé, et non référencé sur une carte.

— Comme des rêves ?

— Plutôt comme les enfers, ou là où le corps transite pendant le voyage astral.

— Et nos corps physiques ?

— Ils sont aussi ici.

— Vous avez dû utiliser beaucoup de votre hêka pour faire ça. »

Sigrid la regarda avec une petite moue de dédain.

« Non, pas quand on le maîtrise, et qu'on maîtrise la magie qu'il révèle en nous. Que sais-tu de la magie rouge, fillette ? »

Andraste déglutit discrètement de façon à rendre imperceptible sa peur. Sigrid l'observait, et se mit à tourner lentement autour d'elle, avec une expression indéchiffrable.

« Elle est la sœur de la magie noire, mais vous utilisez le sang, l'acte charnel et ses états modifiés de l'esprit qu'il provoque...

— Magie rouge, magie blanche et magie noire sont trois sœurs, en effet, trois rivières qui s'abreuvent à la même source. »

Andraste se raidit en sentant la sorcière dans son dos, mais elle ne s'arrêta pas, et poursuivit sa ronde.

« Vous seriez prête à faire couler le sang d'un innocent pour assouvir votre soif de pouvoir. Et vous haïssez les hommes !

— Haïr ? s'esclaffa la sorcière. Voyons, c'est ta tutrice qui t'a appris ça ?

— Non, admit Andraste, perdant son ton assuré. Dans certaines chroniques de certains bardes.

— Je vois... La vérité, vois-tu, c'est qu'au début de l'ère des sorcières rouges, nous n'avons pas eu besoin d'asservir les hommes. Ils nous vénéraient naturellement. Et ils aimaient nous servir. Nous leur rendions bien... en leur donnant accès pendant l'extase à une partie de l'univers qu'ils ne soupçonnaient pas. Que sais-tu d'un couteau ?

— Un cou..., je ne vois pas le rapport. »

Andraste se demanda si la sorcière n'avait pas prévu de la sacrifier avec un athamé qu'elle cachait.

« Un couteau peut poignarder, mais aussi partager le pain. Il n'y a ni magie rouge, ni blanche, ni noire quand tu remontes à la source du pouvoir. Il n'y a que le hêka, cette force vitale, forte chez les magiciens, faible chez le commun des mortels. Le hêka et les multiples formes qu'il a pris..., et notre nature humaine.

— Une nature humaine facilement corrompue. »

Sigrid marqua un temps d'arrêt, totalement incrédule, puis partit d'un éclat de rire.

« Tu me fais penser à quelqu'un... »

Puis s'approchant d'elle, les yeux brillants, elle ajouta :

« Mais parlons de la nature humaine, oui. Sais-tu ce que la Caste fait à ceux qui ont de la magie en eux, mais ne peuvent rejoindre leur rang ?

— Non...

— Pendant la cérémonie des Graines, les restes, ceux qui n'ont pas été choisis, sont mutilés. La Caste ne voulait pas que des pouvoirs se développent sans leur autorité.

— Mutilés ?

— Oui. Il suffit de séparer l'énergie de la personne de sa magie, de la dissocier. C'est sans douleur. Juste inconfortable. Oublie la Caste qui ne te méritait pas. Dis-moi, petite novice, veux-tu abattre Faraoh et redonner à la magie la place qui lui revient ? »

Soudain, les certitudes lui revinrent. À dire vrai, c'était la seule certitude qu'elle avait : oui, elle voulait servir la magie, à sa façon. Elle prit une inspiration :

« Oui.

— Et qu'es-tu prête à faire pour cela ?

— Je…, je ne veux pas devenir comme vous ! »

Sigrid claqua des doigts, et le grimoire qu'Andraste avait sauvé des griffes de Swig surgit.

« Tu reconnais ce livre ? »

La jeune fille acquiesça en silence.

« J'ai été surprise, je t'avoue. N'importe quel rebut n'aurait pas pu résister, et l'aurait ouvert. Mais toi, tu l'as à peine effleuré. Ça m'a interpellé.

— C'est un livre de magie noire.

— C'est un livre qui contient la connaissance pour s'affranchir des formules, des cristaux, de tout… C'est un livre recopié de la bibliothèque sabian. »

Andraste ouvrit les yeux grands comme des soucoupes. Les mots de Sigrid s'entrechoquaient dans sa tête. Mais lui disait-elle la vérité ? La sorcière rouge répondit à sa question silencieuse en ouvrant le grimoire à la première page. Andraste reconnut les caractères de l'écriture sabian. Le choc de la révélation fut comme une poigne glacée sur son corps. Elle murmura, incrédule :

« Non. »

Sigrid referma le grimoire.

« Alors, jamais tu ne vaincras Faraoh. N'oublie pas que tu n'as pas terminé ta formation. Tu n'as été qu'intronisée.

— J'ai attaqué un magicien lors de mon intronisation, et il n'a même pas eu le temps de se défendre.

— Pourquoi aurait-il créé un bouclier ? Jamais un novice n'a attaqué un prêtre. Oh, comme j'aurais aimé voir ça !

— Un bouclier ? »

Andraste était abasourdie. Cassandra ne lui en avait jamais parlé.

« Ta tutrice a gardé beaucoup de choses secrètes, crois-moi.

— Comment je pourrais vous faire confiance ?

— Je pourrais déjà t'apprendre à te créer un bouclier… »

La curiosité d'Andraste était piquée. Oui, elle s'était retrouvée en danger face à Swig, liée par son serment de ne jamais faire de mal à un être vivant. Elle convenait que certaines règles n'étaient pas adaptées à la réalité. *C'est pour ça qu'ils ont perdu la guerre face à Faraoh.* Elle se gifla intérieurement. *Arrête ! Tu penses comme Sigrid maintenant !* La sorcière rouge s'était remise à tourner autour d'Andraste.

« Tu ne sais même pas si tu es scribe ou connecteur ou animé…

— Non…

— Et si tu pouvais être tout ?

— C'est impossible !

— Si, en allant puiser à la source de la magie, en oubliant la Caste.

— C'est… comme ça que vous faites pour nous protéger de la milice ?

— Oui. J'utilise le sang menstruel des femmes pour créer une barrière. La magie est dans le sang, et c'est la matière idéale pour soutenir un bouclier. »

Andraste cligna des yeux plusieurs fois.

« Vous avez créé un bouclier ?

— Non, voyons. Le bouclier est la terre au-dessus et tout autour de nous. Mais je l'ensorcelle jour après jour pour la rendre plus forte et dense. »

Andraste prit le temps de digérer l'information et regarda autour d'elle. Les tentures sur fond rouge n'étaient pas si effrayantes que cela, et la jeune fille devinait la force derrière la douceur de ces femmes à l'allure si noble.

« Que faites-vous ici ?

— J'explore. Nous sommes dans l'antichambre des registres de la Destinée. »

Andraste planta son regard dans le sien.

« Est-ce qu'on peut voir le mien ?

— Il ressemble à une toile d'araignée. Nos choix tissent une toile réinventant notre destinée. »

Son regard devint rêveur, et erra sur les tapisseries.

« C'est pour ça que je viens souvent ici... Et je peux mieux réfléchir.

— Vous avez fait des choix terribles.

— Oui, dit-elle amèrement. Et j'essaie d'en faire de meilleurs désormais. Et de mieux choisir mes alliés. »

Andraste se détourna et fit quelques pas dans la pièce. Et si elle disait vrai ? Cela changerait tout. La Caste avait elle-même précipité sa chute en se coupant de la source de pouvoir immense.

Mais pourquoi ? Sinon, certains auraient essayé de devenir roi, pardi ! Mais oui, bien sûr... La Caste avait aussi ses ambitieux. D'ailleurs, une sorcière rouge avait été reine du temps d'Hizaion. Oui.

« Je parie que tu as besoin de marmonner des formules pour faire quoi que ce soit de magique... »

Et devant les yeux médusés de la jeune fille, elle fit onduler sa main, et une vague fine bleue, aussi fine qu'un fil, dansa dans l'air un moment.

« Tu peux le rendre visible... ou invisible. »

Andraste fut stupéfaite lorsqu'elle sentit ses chevilles fixées au sol. Sigrid n'avait pas fait un geste, pas dit un mot, et n'avait utilisé aucun élément. C'était pourtant comme si deux enclumes formaient la semelle de ses chausses. Mais Sigrid ne s'arrêta pas là. Elle ouvrit la paume de la main, plissant légèrement les yeux et y créa une goutte d'eau.

« Créer des choses en manipulant la moindre parcelle de matière... »

Andraste eut le souffle coupé. Créer des choses à partir du néant ? Comment était-ce possible de créer à partir de rien ? Mais non voyons... elle créait à partir du hêka ! Sigrid avança.

« Et si je te donnais un aperçu de ce que tes pouvoirs seraient ? »

Et sans attendre sa réponse, elle appliqua les mains sur les tempes de la jeune fille. Andraste vit un schéma, des molécules, une série de mots, mais trop rapidement pour qu'elle puisse les arrêter. C'était comme si son esprit voyait défiler les pages d'un manuscrit qu'il feuilletait en accéléré. Elle était en train d'absorber du savoir du grimoire !

« Non ! »

Andraste chercha à se dégager de cette présence en elle, mais Sigrid tenait bon et était tout autour de l'esprit de la jeune fille. La jeune novice répondit alors en affrontant la présence, au lieu d'essayer de lui échapper. Elle sentit sa détermination, et son désespoir. Elle perçut une pensée fugace venant de l'esprit de Sigrid, qu'elle pouvait le battre. Elle vit alors un homme habillé de noir, souriant d'un air entendu. Andraste tira le fil de cette pensée.

« Non ! Qu'est-ce que tu fais ?!

— C'est un souvenir, Sigrid, n'est-ce pas ? L'homme en noir… Celui qui vous a trahi.

— C'est lui… »

Sigrid ne put résister et laissa déferler ses sentiments de haine, et Andraste fut surprise de voir l'homme apparaître ensuite dans un uniforme de cour.

« C'est à cause de lui…

— Faraoh.

— Ça suffit ! »

Sigrid rompit le lien entre elles, et lâcha la tête d'Andraste. Ayant brisé la connexion magique, elles étaient toutes deux de retour dans la chambre de Karthagena.

« Je…, je ne veux pas être comme vous…

— Tu n'as pas peur d'être comme moi. C'est d'être comme lui qui te fait frémir. »

Andraste continua de reculer. Sigrid pencha légèrement la tête et lui dit avec douceur :

« Tu es exactement comme lui. Son sang coule dans tes veines. D'où te vient la soif d'apprendre et de pouvoir selon toi ? »

Les images se succédaient dans l'esprit d'Andraste. Les symboles, les pentacles, les formules, les regards de Lyra lors de ses entraînements, la peur de Cassandra, le visage de Faraoh tourbillonnaient, s'accrochant comme des flocons à ses pensées, jusqu'à se solidifier autour de cette idée qui, sous l'influence de l'esprit de Sigrid devenait une certitude : elle était la fille de Faraoh. Mais comment ? Andraste recula, trébuchant légèrement, et les lèvres blanches, murmura la seule chose qu'elle pouvait opposer à l'atroce vérité qui s'installait dans son esprit :

« Non ! »

La jeune fille se détourna et sortit en trombe de la taverne. La sorcière soupira en s'asseyant dans son fauteuil. Elle avait échoué.

La gamine n'accepterait pas de recevoir son enseignement. Et pourtant... Elle était l'élève idéale. Andraste erra dans les rues, bifurquant, sentit la paume de ses mains chauffer comme si elle s'était saisie d'une barre de fer chauffée à blanc. Créer quelque chose à partir du néant... C'était se prendre pour un dieu. C'était le péché commis par Faraoh. C'était tout ce que la Caste condamnait et interdisait. *Mais de quoi as-tu peur à la fin espèce d'idiote ? D'être bannie de la Caste ? C'est fait ! D'être prisonnière de la sorcière ? C'est fait ! Je ne sais même pas si je suis complètement humaine ! Deux bras, deux jambes... Mais pour combien de temps ?* Combien de temps le médaillon ou bien son corps pourrait retenir le monstre, la bête tapie en elle ? Sa mère était humaine. Et son père ? Lui ? C'était ce que le Tengu lui avait dit. Comment était-ce possible ? Andraste s'étonnait que Sigrid n'ait pas déjà tenté quelque chose pour lui voler ses pouvoirs. Mais peut-être ne le pouvait-elle pas ? De quoi avait-elle peur à la fin ? *De moi-même...* D'être ce destructeur qui anéantirait tout si elle n'arrivait plus à maîtriser ses pouvoirs.

Chapitre 9

Seul sur sa terrasse, en haut de la tour L24, vêtu d'un simple pantalon extensible noir, le capitaine Nagos parait les coups d'un adversaire imaginaire. Il créait ses propres enchaînements, les combinait avec d'autres. Il aimait pratiquer l'art martial de la milice de bon matin, lorsque ses idées étaient claires. Il concentrait et projetait toute sa force dans chaque geste, répétant inlassablement, et de plus en plus vite. La sueur commençait à perler au creux de ses reins. Il préférait s'entraîner seul, plutôt que dans le simulateur de combat, mais de temps en temps, il descendait dans l'arène pour entraîner lui-même ses hommes. Il les battait invariablement.

Lorsque le soleil Orion fut assez haut, il s'arrêta, le cœur battant fort dans la poitrine, et resta un moment accoudé au balcon à contempler les hautes tours. De là où il était, il pouvait voir l'Azur. Il était le seul milicien à avoir une vue sur le Sud-est. Mais c'était l'ancien appartement du sénateur Elijah. Nagos repensa à leur dernier échange. Le deuxième transfuge était là, sous son nez. Il était forcément ici, à Renova, ou dans l'ancienne ville. Parmi ces rebuts qui grouillaient dans les bas-fonds. Ces gens s'accrochaient aux restes de l'ancien régime comme des naufragés à un radeau. Mais ils allaient sombrer. Un jour, il faudrait s'attaquer à ce problème-là, et non plus faire la chasse aux sorcières ici. Il fallait extirper le mal à la racine, éliminer toute tentation. Car les rebuts fascinaient certains citoyens désireux de s'offrir un peu d'exotisme et de changements. Il le verrait encore ce soir à la réception donnée par l'administrateur Faris. Des questions sur les bas-fonds, et cette curiosité qui donnait un éclat particulier à leurs prunelles. Nagos s'y était habitué, mais cela continuait de le déranger. D'autant que le rôle de mondain circulant au milieu des potins et des rumeurs ne lui allait aucunement. Mais aucun plan de l'ancienne ville ne subsistait, et les bas-fonds étaient comme une fourmilière dans laquelle Nagos refusait de perdre le moindre soldat. Il avait fait assez de sacrifices. L'épuration des dernières années de miliciens, qui abusaient de leur pouvoir, lui avait coûté la vie de compagnons d'armes. Des hommes excellents guerriers avec qui il avait fait ses classes, mais avaient rabaissé l'honneur de leur corps d'élite. Des compagnons qu'il avait dénoncés et fait mettre à mort sans remords. Après un dernier regard sur l'Azur, il retourna à l'intérieur et se dévêtit avant d'entrer dans la cellule composée de deux murs verticaux en verre de même largeur. Entièrement nu, il mit ses pieds sur les marques au sol et apposa ses mains sur les deux surfaces transparentes de chaque côté. Une voix féminine parla.

« Analyse des tissus, mesures en cours. »

Un fil bleu passa sur sa peau, scannant son corps dans son intégralité. Un schéma de son corps apparut, sur la vitre de droite, dessiné en lignes bleues, sans qu'il y accorde la moindre attention, les yeux fermés, attendant la douche bienfaisante.

« Analyse terminée. Tumeurs bénignes trouvées dans les tissus du foie. Ajouts des microrobots chirurgiens dans votre prochaine dose de sérum. Ils interviendront sur ces tumeurs. Belle journée à Renova, capitaine. »

L'eau se mit à ruisseler sur son corps, et Nagos sentit la température de son organisme redescendre. À cette heure, tous les hommes étaient dans l'arène, il pourrait inspecter le nouveau matériel avec Luderik. Puis il sortit de la cellule, et le schéma de son corps avec les amas de cellules indésirables s'effaça. Les traitements seraient efficaces comme toujours, mais il referait une analyse demain matin. Sa pratique intensive de combat rapproché éliminait toute maladie du corps depuis son plus jeune âge. C'était le cas également de tous les miliciens. La détection de son corps s'activa lorsqu'il s'approcha de son armoire, et un tiroir s'ouvrit. Il enfila mécaniquement un autre pantalon noir au tissu souple, et tandis qu'il se redressait, le miroir lui renvoya le reflet d'un homme à la musculature développée et à la mâchoire carrée tandis qu'il terminait d'enfiler sa veste d'uniforme. Il allait poser son doigt sur la borne, mais il hésita un court instant. Il était l'heure de prendre le sérum. Cependant, s'il patientait ce soir, il pourrait prendre la dose déjà agrémentée des robots miniatures prêts à intervenir sur les cellules. Mais il s'entraînerait vraisemblablement encore dans la journée, et la circulation accrue de son sang brûlerait les cellules et déchets toxiques. Nagos ne se considérait pas au-dessus des lois, mais il connaissait son corps, et sa capacité à réguler lui-même ses déchets. Une voix le tira de ses réflexions.

« Capitaine, votre dose est prête.

— Remettez la dose à 17 heures.

— Souhaitez-vous programmer l'administration désormais à cet horaire ?

— Oui.

— Très bien. Mise à jour exécutée.

— Et… Changez le mode d'administration : en cachets.

— Mise à jour exécutée. »

Après tout, des gélules le laissaient plus libre de se laisser administrer lui-même lorsqu'il le désirait.

« Transmission de ces nouvelles données dans votre dossier médical public et personnalisé. »

Nagos arrangea son col où brillait des deux côtés l'insigne de la milice : une épée horizontale dont la lame pointait vers la gorge. Puis il sortit. Les employés de l'administration centrale virent passer le capitaine comme à son habitude, bras croisés dans le dos, et le regard lointain. Il lui fallut vingt minutes pour rejoindre le quartier général de la milice. Personne n'osa interrompre la marche quotidienne du capitaine. On racontait qu'il serait là ce soir à la cérémonie d'ouverture de la Sélection de toute façon. Lorsqu'il arriva au quartier général, ce fut Korn qui l'accueillit nerveusement. Nagos s'en étonna :

« Où est Luderik ?

— Il est dans l'arène, monsieur.

— Avec ?

— Avec Lya…, le matricule 785. »

Aucune émotion ne passa sur le visage du capitaine, mais Korn sentit sa contrariété et constata que son supérieur allongeait le pas en direction de la salle de combat. Il le suivit, les mains dans le dos, et ils traversèrent les bureaux de la milice, aux écrans abandonnés. Nagos sentit une légère irritation et il faillit faire demi-tour pour retourner à son appartement prendre le sérum. Mais les clameurs qu'il entendit en entrant dans la salle d'entraînement le firent changer d'avis. Les soldats étaient massés autour du cercle peint en blanc sur le sol, qui marquait la limite de l'espace d'entraînement, au milieu de la vaste salle en béton et aux colonnes épaisses. La salle n'était pas faite pour les démonstrations et n'était donc pas équipée de gradins. Nagos dut se racler la gorge pour qu'un milicien se retourne, surpris, et lui cède la place immédiatement.

Nagos découvrit Luderik, l'arcade sourcilière en sang et la joue tuméfiée, face à Lyandre, en sueur, mais indemne.

« C'est Luderik qui a provoqué Lyandre », dit le milicien comme pour s'excuser. Et il a relevé le défi. »

Luderik piétinait, étudiait les possibles failles, mais la fatigue avait gagné son corps.

« Allez, Lyandre ! » cria un milicien.

Ainsi, ils l'appelaient par son prénom maintenant..., pensa Nagos.

« Depuis combien de temps ça dure ?

— Presque deux heures. »

Nagos se tut, en état de choc. Lyandre aurait dû capituler devant la technique de son second, qu'il avait lui-même entraîné, et ce, en une vingtaine de minutes. Mais sa nature divergente devait l'aider. Nagos se refusait à prononcer le mot elfique qui appartenait au passé. Il se mit à étudier l'expression de Lyandre. Il n'était pas entré dans l'ordre des miliciens comme les autres. Le Gardien le lui avait imposé, pour une surveillance rapprochée. Mais ni Nagos ni le Gardien n'avaient anticipé ce fait : les miliciens l'avaient adopté, comme l'un des leurs.

« Cela suffit. »

Le silence s'abattit et les miliciens se détournèrent rapidement pour regagner leurs postes. Luderik eut un soupir de déception, mais sauva la face en lançant à Lyandre :

« Pas mal, petit. Pas mal du tout. »

Nagos leva un sourcil à l'encontre de son second qui prit un air contrit en passant à côté du capitaine.

« Si l'envie vous prend d'en découdre, Luderik, provoquez-moi la prochaine fois.

— Oui, capitaine.

— Et augmentez la dose de Pax si besoin.

— Oui, capitaine. »

Nagos reporta ses yeux sur l'elfe.

« Matricule 785. »

Lyandre reprenait son souffle.

« Je crois que je ne vous ai jamais personnellement entraîné.

— Il est vrai.

— Êtes-vous prêt ?

— Toujours, capitaine. »

Nagos enleva sa tunique et entra dans le cercle. Les miliciens ne purent résister et s'approchèrent à nouveau, certains se levant de leur chaise pour suivre le combat de loin. Nagos lança quelques coups que Lyandre para facilement. Il avait tenu deux heures face à Luderik. Combien de temps pourrait-il tenir encore ? De rebut imposé, et difficilement contrôlable, il devenait une recrue avec des atouts certains pour la milice. Le combat monta en intensité, et Nagos se mit à pousser progressivement son adversaire vers la limite du cercle. Lyandre vit la manœuvre et contra en augmentant la puissance de ses coups. Nagos, surpris, dut reculer et fit front. Il allait en finir avec une dernière prise, lorsque Lyandre le bloqua avec ses bras, et lui donna un coup de tête. Nagos répondit par un coup de genou qui le fit suffoquer, et allait le renverser à terre, lorsqu'un milicien se fraya un chemin et cria :

« Capitaine, un appel pour vous. »

Nagos et Lyandre s'immobilisèrent, les bras entrelacés, et le torse luisant de sueur. Ils se séparèrent.

« Retournez tous à vos postes. Ne me faites pas répéter une troisième fois. »

Lyandre, lentement, allait se détourner lorsque Nagos l'arrêta.

« Voulez-vous venir avec moi à une réception qui a lieu ce soir, Lyandre ? »

Quelques miliciens sourirent devant l'air abasourdi de l'elfe.

« Avec plaisir », s'efforça-t-il de répondre d'un ton égal tandis que Nagos hochait la tête.

Il observa le capitaine sortir du cercle, reprenant sa veste au passage, pour prendre l'appel seul dans son bureau. Un milicien lui tapa sur l'épaule :

« Bravo. T'as mérité ta place parmi nous maintenant, et l'estime du capitaine. »

L'elfe répondit d'un sourire pensif. Mais cette estime était-elle sincère ? Ou cachait-elle une manœuvre dictée par Faraoh ?

Un visage apparut au-dessus de son bureau. Nagos fut surpris en le reconnaissant.

« Administrateur Sary ?

— Capitaine Nagos. Comment allez-vous ?

— Bien.

— Vous avez l'air sur le qui-vive.

— C'est mon métier que d'être sur le qui-vive, prêt à défendre Renova.

— Vous avez... modifié vos prises de sérum ? »

Nagos marqua un silence.

« Oui. Avec ma mission actuelle, j'ai besoin de modalités plus souples.

— Une mission dans la partie basse de la ville ?

— Pourquoi cette curiosité ?

— J'essaie de comprendre au mieux vos besoins pour que le Pax puisse les remplir.

— Je prendrai ma dose à 17 heures. Si je ne suis pas interrompu de nouveau. Suis-je soupçonné de quelque chose ?

— Non... Mais vous avez toujours été si précautionneux et ponctuel pour vos prises de sérum que je m'inquiétais. C'était... inhabituel.

— Merci de votre sollicitude, administrateur. Bonne journée à Renova. »

Nagos éteignit l'écran en déposant ses mains sur la console à égale distance, et s'assit sur le tabouret qui se forma. Le bismuth s'assemblait et se désagrégeait en fonction de la commande. Songeur, Nagos fit défiler les éléments de l'enquête sur la console. Les relevés d'activité électromagnétique, les photos prises par les drones. On y voyait clairement la silhouette de l'elfe accroupie. Nagos fit glisser le doigt pour arriver à la silhouette de l'autre transfuge. Pourquoi n'étaient-ils pas arrivés au même endroit ? Garçon ou fille ? L'elfe semblait mieux avoir vécu le passage et s'était relevé tout de suite. Pourquoi le visage de l'autre restait brouillé ? Et surtout, combien d'autres transfuges pouvaient débarquer à Renova ? Qui étaient-ils ? Le capitaine de la lutte contre les pratiques sectaires dut s'avouer limité. Ils avaient surveillé la frontière pour vérifier que personne n'essayait d'y entrer. Ils n'avaient jamais prévu que quelque chose en sortirait. Il devait bien se l'avouer. Ils étaient mal préparés. Il leva la tête, percevant la présence de Luderik devant lui.

« Capitaine.

— Oui, Luderik.

— Je peux me permettre une remarque ?

— Oui, Luderik.

— Vous avez vraiment une sale gueule ce matin. Vous voulez pas prendre une douche avant que je vous montre les nouveaux équipements ? »

Nagos se retint de lever les yeux au ciel. Il soupira. Le Pax contrôlait les émotions, apaisait le système nerveux. Mais Luderik n'avait pas gagné en finesse et en tact.

« Je vous y retrouve après cette douche bienfaisante, mon cher et inimitable Luderik. »

Nagos enfilait ses vêtements déjà lavés et repassés. L'eau rinçait la sueur, la fatigue et la tension accumulée pendant le duel avec l'elfe. Après un court passage dans la chambre de rééducation pour se faire étirer et masser, Nagos ajustait le col de son uniforme en rejoignant Luderik qui l'attendait dans l'entrepôt.

« Vous avez contrôlé le nombre de pièces pour chaque type ?

— Oui, capitaine. Il y a quelque chose de fabuleux. Je vous le montre en premier ?

— Allez-y. »

Luderik ouvrit un étui noir qui tenait dans sa paume. Nagos eut un sourire de satisfaction en devinant ce que c'était.

« Ce sont des lentilles que chaque soldat portera. Elles permettent une géolocalisation et l'enregistrement de la vision en temps réel sur nos serveurs.

— L'avez-vous testé ?

— Je vous attendais pour le faire. »

Luderik posa légèrement son doigt sur la lentille et l'apposa contre son œil. Elle y adhéra immédiatement. Et appuyant sur la console, un visuel apparut : la même console avec l'écran au-dessus, se répétant à l'infini.

« Le logiciel est déjà installé, prêt à l'emploi. »

Il tourna la tête vers Nagos et ce fut le visage du capitaine qui apparut, attentif.

« Retour en arrière », commanda Nagos.

L'image se figea et défila en sens inverse jusqu'à voir la première capture visuelle au-dessus de la console.

« Avance. »

L'image défila en accéléré jusqu'au visage de Nagos, et les quelques secondes qui suivaient où Luderik reportait son regard vers la console.

« Ça continue donc d'enregistrer. Bien. Le Gardien nous offre là un outil que nous allons mettre à profit.

— Nous allons pouvoir améliorer l'entraînement.

« — Et nous allons enfin descendre dans les bas-fonds et cartographier les souterrains de la ville basse. Et nous allons mettre la main sur ce transfuge. »

Chapitre 10

Le sénateur Elijah observa l'elfe de loin. Comment Nagos osait-il profaner le cercle du Sénat avec cette créature ? Il entendit à son oreille une voix moqueuse :

« Quelle étrange créature... Et dire que c'est votre père qui a ordonné ça. »

Elijah se retourna et fit face à l'un des hommes qu'il haïssait le plus dans tout l'empire de son père. L'homme à la peau du visage ravagée et aux sourcils broussailleux arborait un air plein de compassion. Son rival au sein du Sénat portait la robe pourpre de sa fonction, bardée d'un collier à larges maillons. La barbe soigneusement taillée, malgré la chair boursouflée due à un accident de jeunesse, il avait la tête inclinée dans une fausse amabilité. Elijah réprima son agacement et répondit le plus poliment possible :

« Mon père a ses raisons.

— Votre père douterait-il de la cause commune pour ainsi se parjurer ?

— Attention à vos mots, sénateur Eychel.

« — Et pourquoi donc ? Nous ne sommes plus sous la royauté que je sache, où le roi pouvait condamner à mort selon son bon plaisir… Et ceci… grâce à votre père. »

Eychel se pencha et parla d'une voix plus basse :

« Attention à votre ton, sénateur, on pourrait croire que vous ne prenez plus le sérum Pax depuis des mois. »

Elijah observa attentivement le visage de l'homme qui cherchait à gagner le plus d'influence depuis des mois au sein du Sénat. Puis il sourit :

« J'ai fait une petite découverte récemment.

— Vraiment ?

— Oui. J'ai découvert, et je ne m'en suis ouvert à personne pour le moment, que certains rebuts capturés à l'ancien présidium portaient d'étranges puces. Presque similaires à ceux des Renoviens... »

Attentif, Eychel se redressa et croisa les mains sur son ventre, il plissa les lèvres. Elijah s'approcha davantage pour que lui seul l'entende.

« Ces puces pourraient procurer une nouvelle identité à tout individu. On raconte que ces puces seraient fournies par un ancien Renovien.

— C'est une théorie fort intéressante.

— Oui. Si vous entendez parler d'un ancien rebut qui fournirait de fausses puces à ceux des bas-fonds…, vous m'en avertirez, n'est-ce pas ? »

Eychel regarda attentivement le jeune sénateur aux crocs acérés.

« J'en avertirai le chef de la lutte contre les pratiques sectaires. L'incorruptible capitaine Nagos. »

Elijah eut un petit sourire forcé.

« Naturellement. »

Eychel se redressa, et lança gaiement d'une voix plus forte :

« Votre père doit être tellement fier de vous, sénateur Elijah ! Que de jeunesse et déjà un homme politique en puissance ! Un futur président du Sénat, j'imagine ! »

Elijah demeurait inexpressif. À l'intérieur, il bouillonnait de rage. Non, il ne laisserait pas Eychel le provoquer et le forcer à dévoiler ses ambitions. Il vit du coin de l'œil Lyandre et Nagos quitter précipitamment les lieux.

« Ou bien gardien de la Nation même ? »

Elijah reporta son attention sur Eychel et choisit de rester muet, malgré les regards de certains autres sénateurs, attirés par la voix forte d'Eychel.

« Qui pourrait donc vous arrêter… je me le demande… » conclut pensivement Eychel.

Le jeune homme baissa brusquement les yeux et d'un modeste sourire lui répondit :

« Le président et le Gardien sont tous les deux en parfaite santé. Nous sommes tous heureux de ce fait. »

Elijah regarda derrière l'épaule d'Eychel. Il eut un sourire plus mielleux encore quand deux autres sénateurs, reconnaissables à leurs robes pourpres, s'avancèrent.

« Et puis, j'ai la chance inouïe d'être entouré de conseillers plus âgés, plus sages, et plus anciens que moi. »

Eychel n'en laissa rien paraître, mais il resta muet de stupeur. Ainsi, ces deux-là ralliaient aussi son camp.

« Comment allez-vous, Eychel ? » commença le premier, qui était à peu près du même âge qu'Eychel.

— Et comment va Emrys ? » demanda l'autre, un peu plus jeune.

— Elle va bien.

— J'ai entendu dire qu'elle était belle, malgré le fait qu'elle soit une ancienne rebut. »

Eychel était habitué à ce genre de pique, faisant référence à ses propres origines, et à son visage marqué par une mésaventure dans les bas-fonds.

« Une ancienne rebut ?

— Puis-je me permettre de vous faire remarquer que nous sommes aussi des produits d'anciens rebuts qui vivaient sous la royauté ? Votre grand-père était, je crois… forgeron. »

Eychel vit les épaules du deuxième se raidir.

« Prenez bien soin d'elle. »

Eychel éclata de rire.

« C'est elle qui prend soin de moi ! »

Le discours de dame Bellys, auquel il n'avait pas prêté attention, prit fin, salué par une longue série d'applaudissements. Et les trois hommes saluèrent Eychel avant de s'éloigner.

« Mes amis, il ne va pas tarder à commettre une erreur. Nous allons nous débarrasser d'Eychel et de ses manigances qui fragilisent notre Sénat », murmura Elijah à ses deux comparses.

***

Lyandre attendait Nagos nerveusement sur la passerelle menant au salon du Sénat. Il n'était vêtu que de son uniforme de la milice, ses anciens vêtements ayant été brûlés à son arrivée dans l'ordre des soldats. Il fut soulagé de voir que Nagos portait la même tenue que lui. Ce dernier le salua d'un demi-sourire, et l'enjoignit de le suivre.

« Nous avons un serment, celui de servir et protéger Renova. Nous n'avons pas besoin d'impressionner qui que ce soit. Nous irons donc dans notre uniforme. »

Lyandre hocha la tête. Ils passèrent d'un bâtiment à un autre, Nagos ouvrant les portes cloisonnées en présentant son iris à chaque porte. Lyandre se tut, attendant que Nagos ouvre la conversation. Il ne s'était retrouvé seul avec le capitaine de la milice que deux fois seulement. S'il avait perçu de l'irritation jusqu'à présent en sa présence, Nagos, ce soir, lui semblait différent.

« Vous étiez soldat auparavant, n'est-ce pas ?

— Avant la destruction, vous voulez dire ? »

Nagos se tourna vers lui, mais Lyandre garda un visage neutre.

« Oui. Pendant la royauté.

— Les elfes ont, après avoir laissé le trône aux humains, promis de protéger le royaume et de les aider. De les protéger.

— Pourquoi ?

— À cause de nos oreilles pointues. »

Nagos observa les oreilles de Lyandre avec curiosité.

« Je plaisante. »

Le capitaine se renfrogna et accéléra le pas. Alors les soldats disaient vrai. Il n'avait pas beaucoup d'humour. Heureusement que Luderik en avait.

« Parce que face aux autres créatures magiques, les êtres humains étaient vulnérables. Mais… un jour, ils ont inventé les armes…, et puis Faraoh est arrivé.

— Je vois. »

Ils arrivèrent à un ascenseur et Lyandre emboîta le pas à l'homme qui était désormais son supérieur hiérarchique. Ce dernier laissa les étages défiler en silence.

« Je voudrais m'expliquer, Lyandre. »

L'elfe se raidit, et garda les yeux fixés sur les étages.

« Les deux hommes qui vous ont escorté jusqu'à l'Azur et… qui vous ont maltraité. Cela n'aurait jamais dû arriver. »

Lyandre ne dit toujours rien. Nagos était-il donc vraiment un homme d'honneur comme le prétendaient certains soldats ?

« C'étaient deux éléments qui avaient cessé de prendre leur sérum depuis quelques jours. Ils ont été exilés.

— Et comment avez-vous su ?

— Les drones, bien évidemment. C'est pour cette raison qu'ils sont là. Pour notre sécurité. Votre sécurité. Cela ne se reproduira jamais. J'y veillerai.

— Je vous remercie, capitaine. Vous semblez être un homme juste.

— Alors soyez juste avec moi. Aidez-moi à trouver ce transfuge.

— Je vous l'ai dit, la créature m'a échappé.

— Arrêtez de me mentir. C'est un humain. J'ai un prélèvement ADN. »

Lyandre accusa le coup, et fixa la foule devant eux dans le salon du Sénat.

« Et cet ADN était humain ?

— Oui. »

Il baissa les yeux. Qu'est-ce que ça voulait dire ? Il avait assisté à la transformation d'Andraste. Il n'avait pas rêvé.

« En êtes-vous sûr ?

— Certain. »

Nagos nota l'intense réflexion de l'elfe. Pourquoi persistait-il dans son mensonge ? Lyandre hésita et le regarda droit dans les yeux en se tournant.

« Je ne peux pas vous aider. Je vous ai dit tout ce que je savais. »

Nagos reprit son air distant et froid lorsque les portes s'ouvrirent dans un chuintement et que la musique emplit l'espace de la cabine. Le salon aux dalles noires zébrées était dominé par un lustre, seul vestige de l'ancien temps. Lyandre le reconnut immédiatement, pour l'avoir contemplé de nombreuses fois dans la salle du trône. Et à voir la façon dont les représentants de la chambre, les sénateurs et les administrateurs se pavanaient dans leurs robes pourpres et ocre en tissus fins dans cette salle, Lyandre comprit que Faraoh avait judicieusement trouvé le moyen de les flatter.

« Capitaine Nagos », susurra une jeune femme blonde aux sourcils arqués. Vous nous faites l'honneur de vous joindre à nous.

— Dame Bellys… »

Nagos saisit respectueusement la main que lui tendait la femme et la porta rapidement à ses lèvres sans la toucher. Il ne se départit pas de son ton sérieux.

« Allez-vous postuler à la sélection, capitaine ? Beaucoup voteraient pour vous ici.

— Je sers Renova chaque jour en veillant à votre sécurité.

— Oh. Vous courez après les rats des bas-fonds ? »

Elle rit de toutes ses dents et ce fut à ce moment précis qu'elle posa les yeux sur Lyandre. Son sourire se figea lorsqu'elle découvrit les oreilles pointues et plus longues. Hébétée, elle braqua son regard en va-et-vient du visage du capitaine à celui de l'elfe. Lyandre se pencha alors :

« Dame Bellys. Si vous saviez…, ils sont partout. »

La dame le regarda, interloquée :

« Qu'êtes-vous donc ?

— Une anomalie de naissance », l'interrompit Nagos.

Dame Bellys faillit s'étouffer.

« Mais il n'y a pas d'anomalie à Renova, voyons.

— C'est rarissime, effectivement. Je vous présente Lyandre, soldat de deuxième classe au sein de la milice. »

Dame Bellys hésitait entre l'horreur et la fascination. Lyandre sentit le moment où elle allait tendre la main pour toucher les fameuses oreilles, et Nagos lui coupa son élan.

« Dame Bellys, allez-vous reposer votre candidature ?

— Pardon ? »

Elle reporta son attention sur la conversation.

« Non. Je vais poser ma candidature pour les colonies.

— Vraiment ?

— Oui.

— Vous seriez prête à quitter Renova et son confort pour l'inconnu ?

— Je ne suis pas excitée par l'inconnu. Mais je suis sénatrice depuis quatre années maintenant. Si le Gardien m'estime digne, je partirai pour la colonisation. »

Une femme s'approcha, le front cerné d'un ruban pourpre.

« Capitaine... Quand déposerez-vous votre ADN dans la banque centrale ? »

Lyandre nota que Nagos hésitait avant de répondre.

« Renova a déjà le meilleur de moi. Je ne ressens pas le besoin de déposer mon ADN dans la banque centrale.

— Vous ne voulez pas participer à la reproduction des citoyens ?

— Votre probité, votre loyauté, vos talents de guerriers seraient une richesse pour les futurs citoyens de Renova. Enfin…

— Mon devoir est ailleurs.

— Nous verrons…, dit dame Bellys sur un ton taquin. Veuillez m'excuser, je dois ouvrir les festivités », glissa-t-elle avant de s'éclipser.

Nagos en profita pour s'incliner devant la jeune femme qui observait Lyandre avec curiosité, et entraîna son compagnon un peu plus loin.

« Je crois qu'elles ont décidé de faire de cette option un devoir.

— Taisez-vous, Lyandre, ou je vous coupe les oreilles.

— Votre patrimoine génétique doit être bien précieux.

— Et le vôtre n'est que divergence et mensonge.

— Ma loyauté est simplement ailleurs. »

Nagos le regarda sans mot dire. Que défendait-il ainsi ? Pourquoi s'accrocher à ce monde qui n'existait plus ? Il reporta son regard sur dame Bellys qui montait sur la petite estrade. Un drone flottait à un mètre d'elle.

« Chers Renoviens, chaque année, nous sélectionnons les citoyens les plus méritants. Les plus loyaux, des exemples de probité pour rejoindre le Sénat. Tous, nous avons une place à

Renova. Tout est possible pour qui sait servir au mieux la cause commune. Le système de points n'a pas changé. Sauf... un détail. »

Laissant planer le mystère quelques instants, dame Bellys observa l'assistance attentive.

« Le Gardien souhaite récompenser l'acte de loyauté ultime. Toute dénonciation d'un acte encourageant, ou en lien avec les pratiques interdites, sera récompensée de cinquante points. »

Des murmures d'excitation montèrent de l'assistance. Nagos observa les silhouettes devant lui. Il ne nota aucun raidissement dans les postures à l'annonce de la nouvelle. Il n'y avait donc que des loyaux citoyens ce soir... Nagos en doutait.

« Je profite de cette occasion pour vous annoncer les prochains départs pour notre première colonie, Renova 2. Félicitons-nous. La cause commune s'étend à tout le territoire. »

Des applaudissements vinrent approuver cette déclaration. Soudain, le capitaine sentit son implant sur le poignet s'activer.

« Une alerte », dit-il à Lyandre.

Sous les regards intrigués de l'assistance, ils se frayèrent un chemin pour retourner à l'ascenseur.

« Une alerte concernant le QG ? »

Nagos garda les yeux fixés sur les étages sans répondre. Lyandre sentit une tension se réveiller en lui. Les seules missions qu'ils avaient effectuées étaient la plupart du temps au sein de

Renova. Il se passait quelque chose de différent. Luderik les accueillit dans les quartiers de la milice, déjà en tenue d'assaut.

« Dites-moi tout, ordonna Nagos en entrant.

— Une alerte de type B. »

Le capitaine de la milice s'arrêta, interdit, et regarda les écrans, puis la carte de la ville.

« Où ?

— Secteur sud.

— Qu'est-ce qu'il y a là-bas ?

— Rien, capitaine. Des décombres. C'est tout.

— Il y a forcément quelque chose. Quel niveau, la vague électromagnétique ?

— Niveau cinq, capitaine. »

Nagos jeta un regard à son lieutenant.

« Des images de drones ?

— Non. Les images sont comme... brouillées.

— L'Azur ?

— Rien à signaler.

— D'autres mouvements ?

— Non, pas pour l'instant.

— En tenue. Choisissez dix hommes. Nous allons ratisser ce périmètre. En discrétion. »

Luderik, au moment de sortir, s'arrêta devant Lyandre, et plissa les lèvres. L'elfe devenu soldat de deuxième classe allait le suivre lorsque la voix de Nagos l'arrêta :

« Lyandre, vous restez ici.

— Pourquoi ?

— Parce que la dernière fois qu'il y a eu une alerte de ce genre, on vous a vu débarquer. »

***

Andraste courait à perdre haleine dans le tunnel qui l'avait menée droit à Imani. Si elle avait su que ce qu'elle allait faire déclencherait l'alerte chez les miliciens, elle serait sans doute restée dans Imani même. Mais elle courait, aveuglée par la peur et le dégoût d'elle-même. Elle traversa les décombres de l'ancien théâtre, qu'elle avait découvert il y a quelques jours à peine grâce à Enkil. Elle tourna à gauche, puis à droite. Ce n'est qu'au bout de plusieurs rues qu'elle s'arrêta, le souffle court, les jambes flageolantes. Le corps secoué de spasmes, elle vacilla, et tomba à genoux.

« Calme-toi… C'est normal, c'est le sang qui afflue qui te fait ça », se dit-elle à voix haute. Mais l'adrénaline prenait possession de son corps, de son cerveau, et le hêka déferlait dans ses veines et dans les moindres tissus. La jeune novice, à présent possédée, regarda ses mains devenues rouges. Elle grimaça sous la brûlure qui lui irradiait la peau, et se mit à frotter frénétiquement ses mains. Que lui avait fait la sorcière rouge ? Soudain, elle vit au centre de ses paumes un symbole se dessiner en rouge. Et devant ses yeux apparut le signe qu'elle avait entrevu dans son esprit. En réalité c'était comme une spirale, aux traits brisés. Comme une rune, qu'Andraste n'avait jamais vu dans aucun livre de Cassandra.

La douleur s'estompa dans un dernier battement de cœur, et elle les entendit alors : des chuchotements tandis que bruissait l'air autour d'elle, soudain chargé d'humidité. Elle cligna des yeux : est-ce qu'elle avait rêvé ? Les voix murmurèrent à nouveau dans des mots incompréhensibles. Elle sentit ses paupières papillonner, hors de contrôle, et distingua des silhouettes sombres s'avancer vers elle, dans la brume grise des bas fonds.

« Qui êtes-vous ? »

Mais au fond d'elle, Andraste savait qui elles étaient et qu'elles venaient pour elle. Les sorcières de l'ancien temps qui avaient consigné leurs mémoires, et leur propre magie, leur hêka dans ce grimoire. La jeune fille se releva, puisant dans ses réserves de force pour se lever et fuir. Mais les murmures persistèrent et l'entouraient maintenant, la pressant de toute part. Soudain, une silhouette apparut devant elle, et lui caressa le visage.

« Qu'est-ce que vous me voulez ? » demanda-t-elle, apeurée.

***

Mewen cherchait son chemin dans la ronde sud depuis des heures. Il fallait qu'il trouve l'entrée d'Imani. Ça sentait mauvais au nord-est de Samatya. La milice venait trop souvent depuis quelques jours. Le rebut au cou décharné et au nez en bec d'oiseau pestait à rebrousser chemin une énième fois, lorsqu'il vit la fille tomber à genoux au milieu des pierres. Il s'approcha, intrigué, en la voyant frotter quelque chose dans sa main. Qu'est-ce qu'elle avait volé ? S'il arrivait à Imani devant Karthagena avec un objet de valeur, peut-être que ça faciliterait les choses. Mewen cracha la gomme de riek qu'il avait depuis ce matin et qui apaisait sa soif et sa faim.

« Dis donc, gamine… Qu'est-ce que t'as là ? »

Lorsque la fille se releva et le regarda dans les yeux, il vit ses pupilles dilatées. Il ricana :

« T'as bu un peu trop de marula, toi ? »

Il se rendit compte qu'elle titubait et la rattrapa. En sentant son haleine sur sa gorge, et excité par son contact, Mewen lui caressa la joue.

« Dis donc, t'as plutôt une jolie peau pour une maraudeuse. »

La fille regardait derrière lui, les yeux comme fous. Elle glissa contre lui, et se prenant le crâne, se mit à hurler d'effroi avant de s'effondrer. Mewen la tira derrière un tas de gravats, et la couchant sous lui, il entreprit de lui ouvrir la tunique. Il sourit de satisfaction en voyant la chaîne briller sur la chair, le médaillon luisant sur la peau pâle.

« On dirait que c'est ton jour de chance, Mewen… »

Et il se mit à triturer le cordon du pantalon de la fille pour le baisser.

La tête lui tournait. Son esprit allait et revenait. Elle sentait des points de chaleur irradier dans son corps, aux poignets, aux coudes et aux genoux. Comme si quelque chose marquait au fer rouge son corps. Les voix étaient parties. Il ne restait que le silence épais et cette étrange sensation. C'étaient comme des insectes rampant sur sa peau, parcourant son corps de picotements désagréables, qu'elle ne pouvait repousser. Les insectes insistaient à présent sur sa poitrine puis sur son nombril. Elle ouvrit brusquement les yeux lorsque Mewen se coucha de tout son poids sur elle. Andraste frémit d'horreur en prenant conscience de ce qui était en train de se passer. Elle se débattit et se mit à hurler tandis que Mewen la clouait au sol.

« Tu peux crier autant que tu veux, personne t'entendra »,
marmonna-t-il entre ses dents.

Et se redressant, il la frappa à la tempe. Sa tête retomba
inanimée, et les murmures revinrent, insistant brusquement. Tout
alla très vite. Elle appliqua ses mains sur la gorge de l'homme et il
fut propulsé dans une gerbe rouge. Andraste, encore sonnée,
entendit quelqu'un l'appeler par son nom, et un bruit de pas se
rapprocha. Elle se tourna sur le côté, remonta son pantalon le plus
rapidement qu'elle put, et rajusta sa tunique. Elle vit le visage de
Kyeudren penché au-dessus d'elle.

« Ne me touche pas », cria-t-elle.

Éberlué, il bredouilla :

« Mais je…, jamais je te ferai du mal ! »

Andraste murmura d'une voix rauque :

« Mais moi, je pourrais t'en faire…, je… je ne contrôle plus
mon hêka… »

Kyeudren se recula légèrement, la laissant se relever seule, et
épousseta ses vêtements. Andraste ferma les yeux un moment,
chassant les derniers tremblements. Le jeune garçon l'observait,
toujours hésitant à lui parler. La jeune fille, elle, fixant le corps
inanimé, sentit l'horreur lui prendre la gorge, et s'approcha
lentement :

« Je crois qu'il est mort, Andraste. »

Elle s'arrêta à quelques pas et eut envie de vomir. Le corps raide, les mains recroquevillées, les os des mains avaient été dénudés, la gorge et le visage étaient calcinés. La chair des paupières avait fondu, ses yeux fixaient le ciel, et il grimaçait un rictus de terreur.

« Je l'ai tué.

— Tu t'es défendue avec la seule arme que tu avais à disposition. »

Andraste eut un haut-le-cœur et se plia en deux pour vomir. Kyeudren détourna la tête, gêné. La jeune fille essuya sa bouche de sa manche et, fixant le corps, elle murmura, comme frappée par la foudre :

« J'ai utilisé la magie pour tuer un homme.

— Tu as fait ce qu'il fallait. Beaucoup de filles rêveraient d'avoir cette chance. Les armes coûtent cher ici.

— Tu ne comprends pas. »

Kyeudren la tira par la manche en arrière et la força à le regarder dans les yeux. Mais Andraste murmura, hébétée.

« Je suis maudite. »

Il la secoua.

« Tu es en vie. Lui, non. On y va maintenant, on devrait pas traîner ici. »

Elle lança un dernier regard au corps.

« Et lui ?

— Les rats vont s'en occuper. Personne ne s'en souciera. »

Et il la tira par le bras, pour la ramener à Imani. Mue par une intuition, elle se retourna et lança un bref sortilège de lévitation, alors la terre se souleva et retomba avec fracas. Ils disparurent dans un nuage de poussière.

***

Nagos s'agenouilla devant le corps de l'homme et observa ses doigts :

« Qu'est-ce qu'il pouvait tenir dans ses mains ?

— Capitaine… Il a été tué par…, c'était pas un couteau, capitaine.

— Peut-être que c'est une arme qu'on nous a volée à l'entrepôt ?

— Je viens de demander à l'administration de vérifier nos stocks. Non. C'est autre chose. Aucune arme que nous avons ne fait ça. Et les radiations détectées montrent que c'est…

— Quoi ? De la magie ?

— Je… Je crois bien, capitaine. C'est ce qui a déclenché l'alerte.

Ce truc qui a attaqué ce rebut... c'est ce qui a provoqué l'altération du champ magnétique. »

Nagos fut frappé de stupeur. Cette pratique ancienne qui consistait à allumer des bougies et à prier par peur de l'avenir ? Il observa la gorge calcinée et les yeux exorbités.

« On va amener le corps au labo. Peut-être qu'on peut extraire autre chose.

— Vous pensez au transfuge ?

— Si on trouve le même ADN... On a un transfuge doublé d'un meurtre.

— Est-ce qu'on peut qualifier ça de meurtre ? Je veux dire..., c'est qu'un rebut.

— C'est un citoyen de seconde zone, mais un citoyen. Lui avez-vous retiré la puce ?

— Elle a cramé. »

Nagos se releva dans un soupir d'agacement. Puis il fouilla du regard le sol.

« Pas d'empreintes ?

— Elles ont été comme effacées, brouillées.

— Faites scanner la surface par un drone. On doit pouvoir recomposer le tout.

— Capitaine ? Est-ce qu'on entre le tout dans notre serveur... de sorte que l'enquête sera accessible à tous ? »

Après réflexion, Nagos opina du chef.

« Mettez les données sur le serveur local. Qui sait... le transfuge s'est peut-être trouvé des appuis auprès de certains Renoviens. Oh, Luderik ?

— Oui, capitaine ?

— Vous nettoierez vos bottes. Vous avez marché dans ce que je pense être du vomi. »

Luderik baissa les yeux et retint un juron de dégoût.

« Faites un prélèvement aussi de ceci ? »

Et le capitaine se détourna. Luderik avisa un jeune milicien et lui lança un sachet :

« Toi, là-bas, fais un prélèvement de ce truc ! »

La jeune recrue fixa l'amas du reste de nourriture, dépité.

***

Andraste repoussa doucement le bras de Kyeudren qui la soutenait et posa un pied lourd sur l'escalier principal.

« Et l'eau ? »

Le bas d'une robe rouge sombre avait surgi devant ses yeux fixés au sol.

« J'irai cet après-midi. Je ne suis pas en état. »

Kyeudren baissa les yeux, et laissa Andraste s'agripper à la rampe, avant de reculer, soumis. Andraste monta quelques marches, mais Karthagena lui saisit le bras et amena son visage près du sien. Elle ouvrit les yeux de stupeur en découvrant la couleur rouge sombre qui animait les pupilles de la jeune fille.

« Qu'est-ce que tu as fait ?

— Demande à ta mère... », soupira Andraste d'un ton sarcastique.

La jeune femme lui serra le bras plus fort, et dit entre ses dents :

« Ne t'approche pas de ma mère. »

Mais Andraste, dont la fatigue grandissait, continua sur son ton ironique :

« Ne t'inquiète pas, je ne lui ferai pas de mal.

— Oh, je sais. Tu n'en es simplement pas digne. »

Andraste sentit l'étau autour de sa tête se resserrer davantage. Vite, il fallait qu'elle s'allonge. Elle hocha la tête, et baissa les yeux. Karthagena fit un pas de côté pour la laisser passer. La jeune fille épuisée monta enfin les dernières marches. Mais elle entendit la voix de Karthagena résonner dans son dos.

« Et où étais-tu ? »

Andraste ferma les yeux, se retourna, et lança d'une voix agacée :

« J'étais dans le cercle sud. Je suis sortie d'Imani.

— Ne refais jamais ça. Tu n'as pas à sortir d'Imani. Tu as tout ici.

— Je sais que tu aimerais contrôler ton petit monde, Karthagena. Mais je ne suis pas comme les autres rebuts. Je ne vais pas trembler devant toi.

— Pas encore…, lui répondit la maîtresse des lieux.

— J'ai explosé la tête de ton géant de pierres la dernière fois. Je le referai si j'en ai envie.

— Tu as osé…

— Ne t'inquiète pas. Il est encore… vivant. La magie est dure à exterminer. »

Et la plantant là, Andraste se détourna et rejoignit sa chambre. Karthagena balaya la salle du regard. Certains rebuts détournèrent la tête. Non. Il fallait que cette garce soit mise au pas. Sans quoi d'autres rebuts pourraient avoir des idées de rébellion. Andraste venait tout juste de s'allonger en soupirant, lorsque Karthagena ouvrit la porte à la volée. La jeune fille ne réagit pas.

« Écoute-moi bien. Tu n'es rien ici. Tu manges ce que je dis. Tu vas pisser quand je te le dis. Et si tu devais être trop faible pour aller chercher de l'eau et nettoyer… »

Karthagena s'assit sur le rebord du lit et se pencha sur le visage d'Andraste.

« Tu te feras baiser si je l'ordonne. »

Andraste saisit brusquement Karthagena à la gorge qui eut un hoquet.

« Et si je te disais que... »

C'était étrange. Elle sentait ses forces sur le déclin. Elle n'était même plus capable d'articuler correctement. Mais sa poigne se serrait toujours plus sur la gorge de Karthagena.

« Que tu vas me foutre une paix royale. Sinon j'explose la tête de ton géant, et je te fourre la tête dans les latrines. Tu m'as comprise ? »

Ce fut à ce moment-là que Liguria entra. Elle s'arrêta, interdite, en les découvrant.

« Je dérange peut-être. »

Ce à quoi répondit Andraste, les cernes violacés, et les lèvres pâles :

« On avait fini. »

La main d'Andraste retomba mollement sur la couverture sale. Karthagena inspira brusquement et se releva maladroitement, une main appuyée sur le chambranle de la porte. Andraste murmura d'une voix traînante et rauque :

« Et pour le reste, t'as qu'à demander à Kyeudren. C'est pour ça que tu l'as recruté il me semble. »

Karthagena se redressa, les yeux noirs de colère, et Liguria s'assit sur son lit, attendant la tempête de violence qui allait immanquablement se déchaîner. Mais rien ne vint. Liguria, médusée, vit Karthagena déglutir lentement, et sortir le plus dignement possible. Andraste tourna légèrement la tête, et, découvrant l'air effaré de sa compagne de chambre, elle murmura :

« J'ai besoin de dormir. »

Elle se tourna et sombra.

Chapitre 10

Ce furent d'abord les picotements qui revinrent. Cette sensation d'être là, de sentir son corps reposer sur cette surface trop dure pour son dos, tout en étant attirée par autre chose. Quelque chose l'appelait, elle, sa conscience lui enjoignant d'abandonner son corps. Cette fois-ci, elle tourna son attention sur les voix. Lorsque les murmures furent plus proches, elle dit :

« Je vous suis. Montrez-moi. »

Liguria murmura pour elle-même en entendant sa compagne de chambre :

« Bizarro… »

Bizarre et stupide. Elle n'aurait jamais dû contrer Karthagena. Elle avait entendu des rebuts murmurer que la gamine maigrelette qui servait à boire avait défié Karthagena. D'autres pourraient avoir la même idée. À moins que Karthagena ne se venge. Liguria eut un frémissement pour Andraste. Elle savait bien qu'elle ne resterait pas longtemps. Elle en avait vu défiler des filles, dans cet endroit qui était son seul foyer. Elle se pencha sur ses parchemins et entreprit de créer une mélodie pour cette histoire de première sorcière dans le royaume.

C'est comme si Andraste avait ouvert les yeux une seconde fois. Elle se retrouva allongée dans l'herbe tendre, sentit le vent lui brusquer les cheveux. Le bleu du ciel l'aveugla un instant. Elle s'assit dans l'herbe et écarquilla les yeux. Le foyer se dressait devant elle.

« Pourquoi je suis là ? »

Mais les voix ne répondirent pas. Elle se leva très lentement, effleurant au passage du bout des doigts des brins d'herbe. Était-ce bien réel ? Était-elle vraiment de retour à Etheldrede ? Elle avisa le puits avec le seau abandonné au bord de la margelle. Tout semblait si calme. Immuable, comme dans son souvenir. Elle appela :

« Cassandra ! »

Mais personne ne lui répondit. Quelle serait la réaction de son ancienne tutrice en la voyant ? La chasserait-elle ? L'attaquerait-elle ? Andraste se prépara mentalement en entrant dans le foyer et se murmura pour elle-même :

« Mais bon sang, pourquoi m'avez-vous amené ici ? »

Mais là encore, elle ne découvrit que des objets abandonnés. Elle effleura le chaudron dans l'âtre, et constata qu'il était encore chaud.

Cassandra avait été dérangée, interrompue. Mais par quoi ? Soudain, un cri d'oiseau déchira le silence. Elle se retourna et vit un faucon agrippé sur le portillon qui la fixait.

« Morphnée ? » cria-t-elle de surprise.

L'oiseau battit des ailes et inclina la tête. Elle s'avança vers lui, mais en marchant sur le tapis, elle vit qu'il n'avait pas été déroulé correctement. Un pan était retourné. Elle se baissa, et révéla la trappe dissimulée au centre de la pièce. Cette trappe menant à la salle d'intronisation dans laquelle elle était descendue il y a si peu de temps. Que faisait Cassandra ? Avait-elle un nouveau novice ?

« Contente de te revoir, Morphnée. Je reviens. »

Elle souleva la trappe et descendit les marches le plus silencieusement possible jusqu'à la salle aux tables de pierre. Les trois autels étaient toujours là. Mais à côté de la table en pierre du milieu, la trappe permettant l'accès aux sous sols du temple était ouverte. Personne. Pourtant, une torche à sa gauche avait été allumée. Cassandra ou quelqu'un était descendu.

Elle sauta dans le trou. Accroupie dans la boue, le filet d'eau au sol était plus abondant que dans son souvenir. L'air était plus froid également. Elle entendit :

« Raksadrista… »

Elle se retourna, le cœur battant. Pourquoi les voix prononçaient-elles ce nom-là ? Elle ferma les yeux, et prit son médaillon entre les mains.

« Où est Cassandra ? »

Immédiatement, elle perçut un battement de cœur. Lent. Trop lent. Elle sentit sa tutrice épuisée. Andraste fonça en avant, marchant sur les côtés pour éviter que le bruit de ses semelles sur la boue la trahisse. Elle ralentit à un croisement et saisit à nouveau son médaillon. Mais cette fois-ci, ce fut l'odeur fétide qui la renseigna. Une odeur infâme qu'elle connaissait bien. Elle s'approcha à pas feutrés, et se dissimula derrière la première colonne.

« Ta novice t'a abandonnée. Ta Caste n'est pas là. Tu es seule. Tu n'as plus rien. Ouvre l'Azur ! »

Andraste sentit son cœur se serrer en entendant la voix faible de sa tutrice lui répondre :

« Jamais, saleté de Tengu. »

Hiero se tenait debout. Comment avait-il pu guérir de ses blessures ? Andraste porta la main à son cou. C'était elle. Son propre sang qui l'avait guéri. Elle-même ne portait pas longtemps de bleus ou de cicatrices, elle l'avait constatée alors adolescente. Ils étaient dans une salle que la jeune fille ne connaissait pas. Une salle aux dalles et aux murs de pierre. Un bassin se trouvait au milieu, avec quelques marches pour y entrer. Une statuette de Dana surmontait le bassin, bras croisés sur la poitrine. Des vases s'alignaient contre le mur, là où était Cassandra. Son ancienne tutrice était effondrée contre une colonne. Hiero replia ses ailes avant de s'accroupir lentement. Andraste vit le plaisir de torturer faire trembler les ailes de Hiero. Elle déglutit en ressentant à nouveau le contact froid de la pince de Swig.

« Je sais que le cœur du temple se trouve dans ces couloirs. Mais je n'ai pas encore réussi à le trouver. »

Il la saisit par les cheveux.

« Alors tu vas me guider, sinon je t'arrache les cheveux, puis les cils, puis les ongles, puis les yeux. Je vais faire ça morceau par morceau. »

Andraste saisit son médaillon et se dit intérieurement : *Dana, aide-moi.*

Elle ouvrit les yeux, elle venait d'avoir une idée. Elle visualisa la pièce, et la statuette. Et tournant le poignet, elle imagina la statuette léviter. Un rapide coup d'œil la renseigna. Cela marchait ! Cassandra ouvrit les yeux de stupeur, et Hiero tourna la tête. Andraste laissa retomber son poignet, et la statuette vacilla et retomba lourdement en se brisant en mille morceaux. Hiero retroussa les lèvres, découvrant ses dents jaunes aux gencives noires. Elle se dissimula davantage contre la colonne, et fermant les yeux, elle remarqua que les pavés de la pièce se déchaussaient un à un, en se soulevant légèrement. De même, elle relâcha les épaules.

Hiero poussa un cri, et Andraste se boucha les oreilles. Elle le vit se redresser de toute sa hauteur et humer l'air.

« Il va me sentir. »

Elle reprit son médaillon et créa une enveloppe de ténèbres autour d'elle. Elle se retint de respirer quelques instants et se répéta intérieurement : *Rien ne peut pénétrer cette enveloppe, je suis invisible. Rien, rien, rien.*

Elle eut beau répéter la formule, Hiero continuait de humer l'air et fouettait le sol de sa queue. Mais il ne s'éloignait toujours pas de Cassandra.

« Tant pis. »

Elle resserra son médaillon en fermant les yeux. Quelle attaque pouvait-elle faire ? Est-ce que ce que la sorcière rouge lui avait transmis pouvait l'aider ? Mais lorsqu'elle jeta un coup d'œil, Hiero avait disparu. Elle se précipita vers Cassandra qui cligna des yeux plusieurs fois. Elle avait l'arcade sourcilière en sang, la lèvre tuméfiée, et sa main posée sur ses côtes rappela à l'ancienne petite novice des souvenirs.

« Andraste… Comment ?

— Les questions, plus tard. »

Andraste appliqua sa main sur les côtes de Cassandra et y envoya de son propre hêka.

« Comment…, es-tu réelle ? demanda la blessée, incrédule.

— Oui. Et lui aussi est réel. Il m'a senti, il va revenir.

— Comment as-tu repassé l'Azur ? »

Andraste ne répondit pas, et Cassandra lui saisit brusquement le poignet, et fronça les sourcils.

« Non. Tu n'es pas ici. Où as-tu appris à faire un yâtra ? »

Andraste la tira pour l'aider à se relever.

« Et qu'est-ce qui est arrivé à tes cheveux ?

— Vous m'aviez manqué, Cassandra. »

Brusquement, Andraste la reposa au sol et se retourna. Le Tengu était revenu et se dressait devant elle. Tout alla très vite. Il leva sa griffe pour lui arracher la tête, et à peine eut-elle le temps de lever les deux mains dans une pitoyable protection, que la magie jaillit de ses mains. Hiero fut projeté contre le mur et s'effondra sur les vases qui se brisèrent. Il fallait percer le cœur d'un Tengu ou lui couper la tête pour le tuer. La jeune fille se saisit de Cassandra et fuit tandis que le Tengu tentait de se relever, encore sonné. Lorsqu'elles ressortirent par la dalle, Andraste et Cassandra firent glisser les trois autels en pierre par-dessus les trappes pour les condamner. Cette partie des tunnels était fermée à jamais. Où auraient donc lieu les intronisations ? Toutes les deux exprimèrent la même pensée sans la formuler à voix haute. Cassandra gardait les yeux fixés sur la trappe. Andraste murmura d'une voix lugubre :

« Il trouvera un moyen de sortir. Il a déjà trouvé le moyen d'entrer une fois et...

— Il veut sortir d'Etheldrede », l'interrompit Cassandra.

— Le monde dehors n'a pas besoin d'un Tengu. »

Cassandra regarda enfin Andraste.

« Je crois que nous devrions remonter, et parler. »

Cassandra se saisit de la torche et remonta l'escalier en silence. Andraste contempla un instant la salle aux dalles froides, les colonnes polies du temple, et les gravures au plafond. Lorsqu'elle remonta dans la pièce principale du foyer, elle vit par-dessus le portillon la silhouette de Cassandra se dresser dans le potager. Ses épaules étaient tendues. Morphnée avait disparu. Andraste referma la trappe, et du bout du pied la recouvrit par le tapis. Elle eut envie de fuir : elle soupira. Non, il fallait qu'elles aient une explication. Il y avait eu tellement de non-dits entre elles. Presque depuis toujours. Quelle relation de confiance avaient-elles vraiment pu construire ? Aucune. À peine Andraste s'était-elle approchée d'elle que la voix de Cassandra l'arrêta net :

« Tu nous as trahis.

— Vous aussi, Cassandra, vous m'avez trahi.

— Comment oses-tu dire ça ? Je t'ai nourrie. J'ai pris soin de toi. Je t'ai tout appris...

— Pour que je serve la Caste.

— Tu voulais faire partie de la Caste.

— Parce que c'était tout ce que je connaissais !! Si j'avais grandi dans un autre monde, dans le monde d'avant, j'aurais pu être... n'importe quoi !

— Tu as toujours eu une soif d'apprendre et de maîtriser toujours plus de magie. Tu étais faite pour ça. »

Ces mots résonnèrent douloureusement dans la tête de la jeune fille. Elle chassa l'image de Sigrid qui venait à son esprit, et releva la tête pour fixer la nuque de Cassandra.

« Et pour ceux qui avaient le potentiel magique, mais n'étaient pas choisis par la Caste... Qu'est-ce qui leur arrivait ? »

Cassandra se tourna, troublée. Andraste répéta :

« Qu'est-ce que vous faisiez de ces enfants qui n'étaient pas autorisés à recevoir votre connaissance ? »

Cassandra déglutit, visiblement gênée.

« Tout le monde ne peut pas rejoindre la Caste. Il faut de tout pour faire une société. Aucun roi n'aurait autorisé que la Caste devienne trop puissante. Trop nombreuse.

— Est-ce une raison valable pour les mutiler ?

— C'est sans douleur. »

Andraste laissa le silence planer. Le silence qui permit à l'atroce vérité d'émerger dans son esprit.

« C'est ce que vous alliez me faire, n'est-ce pas ? Quand j'ai refusé de suivre la Shunga à Rosendal ? »

Cassandra ne dit mot, mais baissa les yeux. Andraste fut plus rapide. Lorsque son ancienne tutrice brandit sa baguette magique, la jeune magicienne fit voler son arme au loin. Cassandra jeta un bras en arrière, brandissant son doigt, arme dérisoire qu'utilisaient les mages en dernier recours lorsqu'ils n'avaient plus de baguette. Elle jeta un trait de hêka qui écorcha la joue d'Andraste. Celle-ci leva la main et créa une impulsion dans ses enveloppes. Cassandra, les traits déformés par l'effort, lançait des sorts contre elle, qui venaient mourir en éclats bleus et rouges sur son bouclier. Elle venait de créer un bouclier ! Un bref sentiment d'euphorie saisit Andraste avant qu'elle se rende compte que l'éclat des sortilèges grandissait. Son bouclier s'amoindrissait !

« Rends-toi ! »

Andraste n'avait pas le choix. Elle n'était pas sûre que le bouclier reste maintenu si elle tournait les talons et fuyait. La seule réponse était la contre-attaque. Mais comment attaquer Cassandra sans la blesser ? Celle-ci recula, et, levant les bras, murmura au ciel une prière muette. Andraste regardait autour d'elle. Visiblement, la gardienne de la forêt avait eu la même idée et déracina un rocher avant de la projeter sur elle. Andraste ferma les yeux, serra les poings et répondit par une projection de hêka. Le rocher vola en éclats... tout comme son bouclier ! Un bref sourire de satisfaction leva les lèvres de Cassandra, et Andraste comprit qu'elle allait lancer une dernière offensive. Elle essaya de reformer un bouclier, mais elle était trop affaiblie. L'air soulevant les feuilles en tourbillon se suspendit un instant. Andraste avait fermé les yeux. Plus de bouclier, plus de cristaux, plus de carnets... Elle avait tout perdu dans les bas-fonds. Que lui restait-il ? Bientôt plus rien. Quel sort Cassandra était résolue à lancer ? Celle-ci avait commencé à remuer les lèvres, convoquant le sortilège. Détruire la magie de quelqu'un, créer une rupture entre son corps, réceptacle du hêka, et ses enveloppes, véritables antennes et catalyseur de cette force magique, aurait dû se faire au calme. Mais la gardienne de la forêt n'avait pas le temps, et jamais Andraste ne se laisserait faire comme un enfant d'une dizaine d'années. Elle allait résister, et donc souffrir. Mais elle n'avait pas le choix. Elle ne pouvait laisser quelqu'un utiliser la magie sans le contrôle et l'aide de la Caste. C'était trop dangereux pour eux. Andraste était venue à elle sous sa forme de corps astral. Son corps physique reposait loin. Mais où ? Ce détail ne lui facilitait pas la tâche. Il faudrait donc que la guérisseuse mobilise tous ses pouvoirs, quitte à ne plus pratiquer de magie pour les quelques jours à venir... Cassandra écarta brusquement les bras, les tendant comme deux épées de part et d'autre de son corps. Elle sentait le corps d'Andraste résister encore. Comment pouvait-elle encore tenir debout, affamée, après une telle attaque ? Elle allait perdre tous ses pouvoirs magiques. Il lui faudrait rester là, dans la forêt, avec elle. Mais jamais elle ne lui pardonnerait. Cassandra chassa ses pensées, et la forêt frémit en percevant le sort que la gardienne allait jeter. *Doloerth...* la séparation d'une partie d'elle-même. Elle abaissa son bouclier pour concentrer toutes ses forces dans son sort, et laissa le hêka crépiter au bout de ses doigts qui se rejoignaient à présent seuls, mus par une autre force. Cassandra prononça le sort. Andraste lâcha son médaillon qu'elle avait saisi, croyant qu'il lui indiquerait une solution. Mais rien ne vint. Elle ferma les yeux en voyant l'herbe se coucher sous le souffle de l'attaque et tracer un sillon dans la terre. Elle le vit : le symbole transmis par le grimoire, et dans un sursaut instinctif, elle fit le geste lorsque le sort allait atteindre sa première enveloppe. Le symbole brûlant ses paumes de main, elle rejoignit son pouce et son index devant son front. Elle ne vit rien, mais ressentit l'impact refouler. Sa tête bourdonnait, la forêt s'était tue. Le corps encore vibrant comme la corde d'un arc qui avait tiré sa flèche, elle ouvrit enfin les yeux et son cœur manqua un battement. Cassandra gisait au sol. Andraste courut jusqu'à son ancienne protectrice. Celle-ci peinait à se relever sur ses coudes, et hurla :

« Ne me touche pas ! »

Son cri de terreur arrêta Andraste net, et elle abaissa les mains qu'elle allait apposer sur elle.

« Qu'est-ce que tu as fait ?

— J'ai simplement repoussé votre attaque.

— Tu as renvoyé le sort ! Où as-tu appris le sort miroir ? »

L'esprit d'Andraste mit un moment à comprendre. Ce n'était pas un bouclier comme elle l'avait cru. Un sort miroir. Cassandra avait donc perdu tous ses pouvoirs.

« Êtes-vous blessée, Cassandra ?

— Non. Juste affaiblie. Pourquoi tu ne m'achèves pas ? Tu pourrais ainsi prendre ma place.

— Ce n'est pas ma place. C'est la vôtre. C'est ce pour quoi vous êtes faite.

— Tu étais faite pour la magie.

— Oui, mais pas pour servir la Caste.

— Il ne peut y avoir de magie en dehors de la Caste.

— La magie n'a jamais appartenu à la Caste. C'est un mensonge.

— On dirait une autre personne. Tu as changé. »

Andraste n'avait pas bougé. Elle balaya du regard les arbres, le ciel bleu immense, et revint poser son regard sur Cassandra. Toute inimitié avait disparu en elle à présent.

« Je vois les choses autrement. Et pourtant, je ne suis pas votre ennemie, Cassandra, ni celle de la Caste. »

Andraste posa la main sur celle de Cassandra:

« Cassandra, il faut que je vous pose une question. Une question que je ne peux plus poser à Lyra. Est-ce que... »

Andraste déglutit.

« Est-ce que je suis humaine ? »

Cassandra battit des cils, incrédules.

« Mais bien sûr que tu es humaine ! »

Andraste saisit sa main et lui posa sur le poignet.

« Non. Voilà pourquoi Lyandre est entré dans la forêt, voilà pourquoi Etheldrede a commencé à changer. J'étais humaine. Mais quelque chose a changé, s'est révélé en moi.

— Oui, tes pouvoirs c'est normal... À l'adolescence, lors de la puberté, le hêka se révèle. C'est pour cela que nous sélectionnons enfants les novices.

— Mais moi vous ne m'avez pas sélectionnée. Je... Est-ce qu'il est possible de mêler des humains avec d'autres races ?

— Il y a eu des... accidents, des cas particuliers, nés lors de viols ou d'alliances sordides. Je ne comprends pas Andraste, pourquoi poses-tu toutes ces questions ? »

La jeune fille se releva, observant attentivement son ancienne tutrice, dont le souffle semblait s'apaiser. Toutes les réponses se trouvaient à Samatya. Elle était de mère humaine. Alors que s'était-il passé ? Sa mère s'était-elle unie à un monstre encore inconnu ? Lui-même fruit d'étranges amours ? Avant de tuer Faraoh, il lui fallait le faire parler, éclaircir le mystère de sa naissance. Pourquoi Sigrid prétendait-elle qu'il était son père ? Deux parents humains. Et deux natures en elle : humaine et monstrueuse. Si Faraoh était son père, comment ses parents s'étaient-ils rencontrés ?

« Je n'ai pas toujours été honnête avec vous... Et j'ai été méchante, et même ingrate. Mais j'ai compris beaucoup de choses. Pardonnez-moi, Cassandra. »

Andraste allait se détourner lorsque Cassandra dit d'une voix faible :

« Attends... Andraste, qu'est-ce que tu fais dehors toute seule ? C'est un monde dangereux. Tu ne peux pas mener une rébellion toute seule.

— Je ne suis pas seule.

— L'elfe. Bien sûr. »

Andraste perçut l'amertume dans la voix de Cassandra.

« Oui, l'elfe.

— Tu l'aimes ?

— Quoi ?

— Est-ce que c'est pour lui que tu as abandonné la Caste ?

— Non, voyons ! Il m'aide... »

Andraste soupira.

« Nous nous reverrons dans ce monde ou dans l'autre. Faites attention à vous Cassandra. Et laissez sortir le Tengu. Nous nous chargerons de lui. Vous ne pouvez plus le faire vous-même. »

Andraste se détourna, mais Cassandra l'arrêta :

« Qu'es-tu venue faire ici Andraste ? Tu savais que si tu remettais les pieds dans la forêt, c'était mon devoir de t'arrêter. »

La jeune fille se retourna et la regarda avec une soudaine tristesse dans les yeux :

« Je cherchais des réponses. Mais vous n'en avez jamais eu pour moi. »

Elle jeta un dernier regard à la femme pour qui elle avait eu une admiration éperdue.

« Au revoir, Cassandra. »

Celle-ci tendit une main, mais Andraste avait déjà disparu. La guérisseuse porta ses mains sur ses côtes. Elle l'avait guérie simplement par l'apposition de ses mains. Comment avait-elle fait ça ? Ni potion, ni formule, ni cristaux... Cassandra fut frappée d'effroi en prenant conscience de quelque chose. Une vision qu'elle avait eue la première fois qu'elle avait tenu Andraste dans ses bras. Les vases contenant les huiles sacrées, utilisées lors des sacres royaux, la statuette de Dana... Tout était vrai. Oui, mais Andraste n'avait pas détruit intentionnellement cette pièce. Et elle l'avait sauvée. Cassandra se releva péniblement, et rentra à l'intérieur. Il fallait qu'elle en informe la Caste. Aman en priorité. Elle ne faisait plus confiance à Agaric depuis le départ d'Andraste. Comment avait-il pu la laisser partir ? Elle avait eu l'air si maigre, si affamée... Le cœur de la magicienne se serra en y repensant. Et pourtant, en lui saisissant le poignet, Cassandra avait perçu une force décuplée. Et elle avait eu peur. Peur de sentir ce niveau de hêka chez son ancienne élève. Andraste avait projeté le Tengu avec une puissance qu'elle n'avait jamais vue. En rentrant dans le Foyer, elle s'immobilisa net. Elle n'était pas contre la Caste. Pas encore. Pourvu qu'Aman agisse avec finesse. Il fallait retrouver sa confiance. Elle pouvait rejoindre encore leur cause. Tout cela n'était qu'un malentendu. La magicienne s'effondra dans le fauteuil près de l'âtre en réalisant l'horreur de ce qu'elle venait de faire. L'adrénaline, la peur se dissipaient peu à peu. Elle avait attaqué Andraste. Elle avait voulu lui enlever ses pouvoirs. C'était la seule solution qu'elle avait trouvée sur le moment. Elle ne lui faisait probablement plus confiance à elle, son ancienne tutrice. Et c'était sa faute, à elle, Cassandra. Mais elle n'avait fait qu'obéir aux règles de la Caste ! Avait-elle eu vraiment le choix ? Et si Andraste revenait, encore plus forte, que devrait-elle faire ?

Chapitre 11

Seize jours. Cela faisait seize jours qu'Andraste vivait à Imani. Elle se taisait, esquivait les mains des hommes, s'entraînait à la magie dans son lit, lorsque Liguria était endormie. Elle avait cru la vie dans la forêt au service de la Caste rude, mais Karthagena tirait la moindre force du corps de la jeune femme pour rentabiliser cet occupant. Andraste n'avait toujours pas trouvé un moyen de rembourser sa dette auprès d'Enkil, et plus elle voyait la violence des bas-fonds, moins elle comprenait pourquoi Enkil l'avait aidée.

Le dos courbaturé, la jeune novice, devenue rebut, était allongée, et les paumes des mains rapprochées, elle pratiquait la magie. Elle se concentrait sur cet espace, cherchant le hêka. Une légère lueur bleutée apparut enfin, irradiant la peau. Il y avait si peu de magie ici, mais elle était là. Il fallait juste la chercher et se concentrer dessus. Le fait qu'elle vive sous terre, et au plus proche du cœur de Renova, l'aidait. Le contenu du grimoire émergeait dans son esprit de temps à autre, sans qu'elle puisse encore avoir une vue d'ensemble de ce qu'il lui avait transmis. Seulement quelques symboles qu'elle s'évertuait à reproduire, tout en craignant de détruire quelque chose. Depuis la veille, elle essayait une nouvelle pratique : les yeux fixés sur l'espace entre ses mains, elle imaginait le motif de son médaillon. Si le médaillon était lui-même magique, et qu'il l'avait choisie, il avait forcément un message pour elle, ou quelque chose pour l'aider. Il l'avait guidée, inspirée lorsqu'elle l'avait pris dans ses mains. Pouvait-il faire plus pour elle ? Elle se concentra sur ce motif. Petit à petit, des filaments de lumière bleue se détachèrent de ses mains, pour aller rejoindre l'autre paume de main, créant un étrange maillage entre ses doigts. Au bout de quelques minutes, elle vit se dessiner devant elle le motif de son médaillon.

« Parle-moi. Qu'est-ce que je dois faire ? »

Elle vit le motif se mettre à tourner devant elle. Elle ferma les yeux, laissant la place aux messages du symbole qui continuait sa danse.

« Est-ce que Lyandre va bien ? »

Mais le symbole continuait toujours. Elle nota pourtant le changement de couleur tirant vers le rose. Elle vit en pensée les yeux de Lyandre, sa joue balafrée, leur premier contact, leur première rencontre qui avait failli se transformer en duel.

« Ça suffit. »

Les images qui la troublaient tant cessèrent. Elle rompit le charme et se tourna sur le côté en percevant une présence qui approchait dans le couloir. Liguria entra dans la chambre, chercha quelque chose, puis ressortit. Étrange. Liguria se couchait bien après elle, et se levait avant elle. Elle la croisait en bas dans la salle le soir, quand elle venait chanter devant les rebuts. Car Liguria était barde, et armée de sa flûte et de sa harpe, elle apaisait et envoûtait les rebuts les plus coriaces. Andraste se glissa hors de son lit. Il était temps d'explorer les bas-fonds pour quitter Imani et les griffes de Sigrid.

Le couloir résonnait de gémissements qu'elle ignorait désormais, habituée au commerce de toute sorte sous le toit de Karthagena. Elle était libre de circuler comme bon lui semblait en dehors de ses heures de travail. Personne ne fit attention à cette gamine toujours silencieuse et qui ne se plaignait jamais. Les rebuts pensaient qu'elle était entrée dans le rang. Karthagena avait dû la battre. Mais pour l'heure, Andraste se fichait des hommes qui la suivaient du regard, et pistait la jeune barde. Liguria portait dans son dos sa harpe, protégée par une couverture, et avait rabattu sa capuche. Sa démarche lente et sûre, Andraste prit garde de laisser une distance entre elle et la jeune fille. Elle obliqua à gauche, et au bout de la ruelle se dressait le mur de Renova en béton. Andraste pressa le pas. Il ne fallait pas la perdre des yeux : elle se rapprocha, et se renfonça dans l'ombre du mur. Une échelle en bois courait le long de la paroi et s'élevait jusqu'à une trappe, dissimulée jusqu'alors par un toit. Elle observa la jeune barde monter, se retourner sur le qui-vive, et disparaître par la trappe. Andraste sortit de l'ombre et se retourna pour vérifier que personne ne la suivait. Saisissant le premier barreau, elle grimpa, le regard fixé sur la trappe. Qu'y avait-il donc derrière ? Lorsqu'elle l'atteignit, elle dut forcer pour la soulever. Elle y passa la tête et vit que c'était un couloir au sol et aux murs immaculés. Elle se faufila et hésita. Elle pouvait aller à gauche ou à droite. Elle ferma les yeux, cherchant la présence de Liguria. Elle décela quelque chose sur sa droite, et choisit de s'y diriger, longeant le mur, alors qu'elle savait parfaitement que si quelqu'un venait, elle ne pourrait se cacher nulle part. Elle progressait vite, la curiosité de plus en plus excitée, lorsque tout à coup, elle découvrit sur la gauche une vitre. Elle s'arrêta, stupéfaite. Des enfants, filles et garçons mélangés, tout de blanc vêtu, étaient allongés sur des tables, paisiblement plongés dans ce qui semblait être un sommeil profond. Un écran surmontait chaque table, affichant des symboles et des chiffres étranges. Liguria, elle, trônait sur la console de commandes, au milieu de la salle, et une harpe entre ses bras, elle chantait, son unique œil fermé. Andraste longea la vitre, trouva la porte, et entra sans un bruit. Elle était attirée par la voix envoûtante de la jeune barde : c'était une chanson à propos des Begerris qui menaient les troupeaux à travers les plaines où étaient nés les Danaikvas. Andraste s'approcha respectueusement. Lorsque la voix de Liguria mourut, elle lui demanda :

« Pourquoi tu fais ça ? »

Liguria sursauta à cette voix qui la ramena au monde sans pitié des rebuts. Après un long silence, elle lui répondit :

« Pour qu'ils se souviennent d'où ils viennent. Pour qu'ils se souviennent d'avant, même s'ils ne l'ont jamais connu...

— Toi non plus, tu ne l'as pas connu.

— Je le connais grâce aux écrits. Des parchemins que Sigrid m'a confiés.

— On est où ici ?

— Ils prennent leur première dose. Tout leur organisme en sera empreint.

— Du Pax ?

— Oui. Pax, ce qui garantit la paix d'esprit. La paix au sein de Renova, qui va s'étendre à tout Hizaion. »

Andraste s'approcha d'un adolescent aux traits pâles et fins.

« Ils sont endormis. Leurs sens sont endormis. Leurs émotions sont endormies. Ils sont nés du mélange d'ADN de deux personnes dans des tubes, ils ont grandi dans des couveuses et ont appris par cœur l'histoire grande et glorieuse de Renova. Ce seront de parfaits employés de Faraoh. »

Soudain, un bruit métallique retentit. Liguria sauta de la console, et tirant Andraste par la manche, elle l'entraîna vers la sortie. Au moment où elles refermaient la porte, les lits se mirent à avancer et passèrent dans une autre pièce.

« Tu veux que je te montre quelque chose ?

— Oui. »

Liguria lui fit un signe et elle la suivit.

« Mais tu ne crains pas de rencontrer quelqu'un ici ?

— Personne ne connaît l'accès à cette trappe. Il n'y a pas de caméra ici. Même pas d'humains. Et tu vas comprendre pourquoi. »

Le mur à gauche continuait en baie vitrée. Mais cette fois-ci, c'étaient des adultes, intégralement nus, allongés sur des tables similaires. Un seul écran, beaucoup plus grand, affichait des chiffres. Liguria murmura le décompte :

« 10, 9, 8, 7... »

Andraste frémit lorsque à 5, des parois en métal inoxydable sortirent des côtés pour enfermer les corps dans des tubes métallisés. Elle sentait ses poils se hérisser sur son corps, pressentant l'horreur qui allait suivre. Dame Sirice s'était endormie, confiante en la justice du Sénat : condamnée à l'exil pour dix ans, elle s'était allongée sur la table, prête au voyage qu'on lui avait décrit. Un voyage dans lequel elle serait endormie, pour son confort. Elle se réveillerait à bord d'un bateau sur une île du Nord où la vie était plus rude qu'à Renova, mais on lui permettrait de vivre en liberté. Il n'y avait pas de peine de mort à

Renova, ni de prison.

Liguria poursuivait son décompte :

« 3, 2, 1... »

Andraste lut sur l'écran : « Désintégration ».

Le silence régnait. Pas d'alarme. Pas de cris. Dame Sirice et ses compagnons d'infortune, qui avaient voulu goûter à la liberté, n'étaient plus.

« Dis-moi qu'ils étaient déjà morts, Liguria.

— J'ai beaucoup de défauts, mais je ne mens jamais. Ils ont reçu leur dernière dose avant, histoire que leur mort se fasse sans bruit.

— Si des images de ça fuitaient, j'imagine que Faraoh aurait du mal à garder le pouvoir.

— Il n'y a pas de condamnation à Renova. Simplement l'exil. Car Renova a une place pour chacun, et chacun a sa place à Renova. »

Lorsque les parois se baissèrent, Andraste vit non pas de la poussière, mais des petits fragments qui devaient être des os. À ceci près que ces fragments brillaient.

« Qu'est-ce que c'est ?

— Le corps brûlé à des milliers de degrés devient des diamants. »

Une tige surmontée d'une sphère, armée de trois capteurs, se détacha de l'écran principal, et se mut tel un serpent vers la première console. D'étranges filaments aux terminaisons lumineuses se dressèrent à partir de la sphère. Elle ausculta un à un les diamants avant de les déposer sur la console.

« Est-ce que ce truc est vivant ? »

Andraste s'était mise à chuchoter sans savoir pourquoi. Liguria lui répondit :

« C'est autre chose qu'un cyborg... qui, de toute façon, ont tous été interdits par le Sénat. Mais ça..., je n'en ai vu nulle part ailleurs dans Renova.

— J'imagine que ces diamants servent à acheter quelque chose.

— Du silicium. Du bismuth. Ces deux métaux viennent d'Anjara. Faraoh a conclu un pacte de non-agression avec. Mais pour combien de temps, et à quoi sert ce truc... Là est la question.

— Tu te vois rester à Imani ?

— Je n'ai nulle part où aller. Je n'ai pas de famille, Andraste. Sigrid et les rebuts, c'est tout ce que j'ai. Et le sortilège de Sigrid à la sortie sud empêche toute échappatoire. Il ne permet qu'à certains de passer. Ceux qui peuvent aller commercer avec Oltahisar et Anjara.

— Et si je te disais que j'avais de quoi passer ? »

Liguria la regarda, interdite.

« Et… où irais-tu ?

— Vers le sud.

— Mais Faraoh fait surveiller les régions par des drones… et… tu n'as pas de carte.

— Pas besoin de carte. J'en ai une. »

Andraste voyait danser devant ses yeux le médaillon : il lui permettrait de passer, il lui indiquerait le chemin.

« Karthagena ne te laissera pas partir.

— Karthagena n'est pas aussi forte qu'elle le croit. »

***

Karthagena s'étirait tel un chat entre les draps. Elle roula sur le côté et suivit la ligne des poils qui partait du milieu de la poitrine jusqu'au pubis du sénateur Elijah. Le voyant toujours plongé dans ses pensées, elle l'embrassa, et se leva, en cambrant les reins. Elle sentit le regard d'Elijah s'aimanter sur ses courbes, tandis qu'elle se levait, nue, pour se diriger vers la commode en bois, et se servir un verre de vin.

« Je te remercie pour cette jarre de vin. »

Mais Elijah était derrière elle, et se mit à la caresser.

« Il vient d'une île, non loin de celle où j'ai vécu.

— Raconte-moi.

— Le ciel est toujours noir de nuages du nord, il pleut sans cesse, mais tu sens le vent sur ton visage.

— Je n'en peux plus d'être ici. Aide-moi à obtenir un poste de sénatrice.

— Tu connais le prix.

— Tous les rebuts ont des dettes envers moi. Je les tiens à mes ordres. Ils possèdent tous une puce. Le moment venu, ils pourront s'introduire où tu le voudras. »

Elijah promena tranquillement son doigt le long de la clavicule, tandis que Karthagena se tenait droite, électrisée par le contact.

« Il y a un poste qui pourrait se libérer.

— Aide-moi et tu ne le regretteras pas. Je te donnerai tout.

— Tout ?

— Tout ce que je possède…

— Toutes informations. »

Karthagena pencha la tête.

« À propos de quoi as-tu besoin d'informations ? »

Comment lui extirper l'information sans lui dire que deux transfuges étaient passés à travers le dôme, pour la première fois depuis quarante ans, et que l'un d'entre eux se baladait sur les terres d'Hizaion. Peut-être encore dans cette ville pourrie jusqu'à l'os. Elijah se détourna et se servit une coupe de vin.

« Si tu vois quelqu'un que tu n'as jamais vu, qui vient d'arriver en ville, au comportement bizarre, dis-le-moi. »

Karthagena alla se rallonger sur le lit, pour s'y prélasser, les reins cambrés, offrant une vue imprenable sur ses courbes à Elijah. Quelle valeur pouvait avoir Andraste, vivante… ou morte ? Elle pencha la tête, prenant un air rêveur :

« Qu'est-ce que tu en feras ?

— Je veux sa tête.

— Si tu amenais sa tête…, ton père te donnerait la milice ?

— Nagos n'a rien trouvé pour l'instant. Si tu savais quelque chose, tu me le dirais, n'est-ce pas ? »

Elijah s'approcha lentement, déposant son index sur sa cheville, et remontant le long de la cuisse, il s'assit sur le lit. Lorsqu'il atteignit l'entrecuisse, Karthagena ferma les yeux :

« Bien sûr…, mon roi. »

Elijah inspira bruyamment, et attrapa les cheveux de Karthagena pour lui renverser la tête en arrière tandis qu'il la couchait sous lui.

« J'ai beaucoup de créance envers toi.

— Je ne suis pas prostituée », dit-elle en lui griffant le dos.

Il la regarda un moment, détaillant les traits de son visage.

« Non, bien sûr…, tu es d'un autre genre.

— Que les élections me donnent un poste de sénatrice. Nous

nous ressemblons tellement, mon roi... »

Elijah la retourna brusquement pour la chevaucher.

***

Andraste et Liguria étaient assises sur le rebord de la tour P6, les jambes pendant dans le vide. Un écran géant dominait la façade d'un immeuble où le visage d'une jeune femme blonde égrenait les paroles rassurantes de la cause commune.

« Tu es née ici ?

— Non. Je suis née à Anjara.

— Tu as connu tes parents ?

— Ma mère. J'avais dix ans quand elle est morte. Elle était danseuse. Et un jour, un homme est venu à la maison. Un homme qui avait fait partie de la milice et qui faisait sa loi. Il a frappé ma mère. Encore et encore. J'ai essayé de la défendre. C'est lui qui m'a fait ça. »

Et elle tourna son visage pour montrer son bandeau.

« Et il m'a vendu à Sigrid.

— Pour quoi faire ?

— C'était servir Sigrid, ou servir de nourriture.

— Quoi ??

— Mais d'où tu sors ? Même à Rosendal on cachait les enfants.

— J'ai… vécu dans la forêt.

— Avec les Begerris ? Bénis soient les Begerris. C'est grâce aux troupeaux qu'ils avaient cachés qu'on a pu avoir de la nourriture ensuite. Enfin, que les riches commandent la nourriture et qu'on se serve au passage. Mais avant, jouer dans la rue était dangereux. Tu te faisais prendre et tu finissais en morceaux sur la table. »

Andraste frémit d'horreur. Elle laissa son regard errer sur les lumières qu'elle avait devinées derrière l'Azur, contemplées en cachette depuis la forêt. Le regard balayant toujours le vide, elle posa sa question :

« Que penses-tu de Karthagena ?

— Pourquoi me demandes-tu ça ?

— Pour savoir si je peux te faire confiance.

— Elle est un peu comme une sœur. Sigrid l'a recueillie un peu avant moi, et elle est plus dangereuse que la sorcière rouge à cause de sa soif de pouvoir.

— Elle lui a transmis la magie ?

— Pas que je sache. Mais Karthagena sait se rendre indispensable. »

Andraste tourna la tête vers Liguria pour l'encourager à poursuivre, et Liguria continua :

« Il n'y a pas de vraie famille à Samatya. Imani un peu plus, mais… nous sommes des gens qui nous raccrochons les uns aux autres pour survivre.

— Est-ce que je peux te montrer quelque chose, Liguria ? »

L'œil unique de Liguria s'agrandit de curiosité. Andraste leva la main et se concentra dessus. Paume ouverte, elle appela le hêka, et trouva les mêmes sensations familières désormais. Ce fil qui courait le long de la colonne, et une légère chaleur qui commençait à se dégager de tout son corps, hérissant ses poils, la faisant légèrement frissonner. La jeune barde ignorait ce qu'Andraste était en train de faire, et elle était à présent inquiète. Qu'est-ce qu'elle faisait ? Lorsqu'une flamme bleue s'éleva de la paume d'Andraste, elle eut un mouvement de recul. La mèche devint une spirale d'un bleu turquoise aux mille particules argentées. Liguria était à présent fascinée. Elle avança la main pour toucher en tremblant la flamme. C'était magnifique, c'était doux et léger.

« Depuis que je suis ici, ma magie était comme perturbée. Comme si elle ne me reconnaissait pas », dit Andraste pensivement.

Elle respira profondément, et fit grandir la flamme jusqu'à ce qu'elle devienne majestueuse et qu'elle déborde de la paume.

« Mais je l'ai développée d'une autre façon, sans mon matériel, et je travaille à plus aussi. »

Andraste fixa son regard sur l'écran où la jeune femme répétait en boucle son discours. Andraste sentit ses yeux lui brûler et laissa le hêka sortir par tous les pores de sa peau. Inspirant profondément, elle ferma brusquement la main, et l'écran s'éteignit. Liguria sursauta, ébahie. Puis brusquement, elle saisit la manche d'Andraste et, bondissant sur ses pieds, l'entraîna à sa suite :

« Faut pas rester là !! »

Un vrombissement retentit dans le ciel, et Andraste eut à peine le temps de voir le drone qui survolait le toit qu'elles couraient déjà dans le couloir blanc immaculé pour rejoindre la trappe. Ce n'est que sur le sol en terre battue de Samatya que Liguria poussa brutalement Andraste.

« Mais tu es folle !!!

— C'est de la bonne magie, tu n'as pas besoin d'avoir peur.

— Ce n'est pas de la magie que j'ai peur, idiote ! Tu as failli nous faire repérer ! La milice peut tracer ta magie ! »

Liguria avait l'air terrifiée.

« Que…, mais comment ?

— Ça…, ce que tu fais…, ta magie change quelque chose dans l'air, dans l'atmosphère. Quelque chose change, et ils le détectent.

— Mais Sigrid…

— Sigrid maîtrise sa magie, et c'est comme ça qu'elle peut nous protéger. Et ce n'est pas pour rien qu'on vit dans cette partie de Samatya, sous terre. Si je peux te donner un conseil…, te fais pas remarquer si tu veux survivre. »

Liguria l'évita pendant les jours qui suivirent. Même lorsqu'elle chantait pour les rebuts le soir, elle l'évitait du regard. Elle avait peur, et Andraste la comprenait. Mais il lui fallait trouver des gens sur qui compter. Et c'est cette soirée-là, pendant que Liguria chantait les amours malheureuses de Rhéa et de Silure, qu'elle entendit une conversation qui allait tout changer.

« Bon, Enkil, c'est quoi ton plan si juteux ? »

Andraste posait le plateau de boissons à ce moment-là sur la table. Les cinq hommes autour de la table s'étaient tus. Elle servit les gobelets de bois pleins d'eau-de-vie devant chacun en silence. Ce n'est qu'une fois le dos tourné qu'Enkil se pencha et murmura :

« Cette fois-ci, c'est une petite fortune qui nous attend, les amis.

— Qu'est-ce que t'appelles "fortune" ?

— De l'argent, du cuivre.

— Je préférerais de la bouffe, comme la dernière fois.

— On peut pas toujours tomber sur une livraison de victuailles.

— Mais ce jambon fumé d'Anjara…

— On s'introduit par la tour P6. Ce système-là a l'air plutôt simple. Je suis passé régulièrement devant, ils ont fait des réparations. C'est maintenant qu'il faut le faire. Au moindre bug, ils pourront que dire…

— Que les technos ont mal fait leur boulot.

— Exactement…

— Pas de reliques ?

Non, pas cette fois-ci. »

Andraste ne perdait pas un mot de ce qu'Enkil et ses compagnons de beuverie disaient. Qu'avait dit Lyandre à ce propos ? Que c'était une sorte de monnaie ? Voilà pourquoi Enkil avait payé avec un sac de cristaux. Le grimoire de Sigrid devait valoir une somme incommensurable. Elle repensa à Swig et frissonna.

« C'est pour quand ?

— Ce soir. On se donne rendez-vous à l'entrée des tunnels. Préparez vos arpents. »

Andraste essuyait les tables avec attention et s'éloigna. Ce soir. Cela voulait dire cette fois que les Rénoviens seraient couchés. Elle s'était habituée aux rythmes d'Imani calés sur ceux des Rénoviens, même si Imani restait sans cesse ouvert. Elle n'avait aucune idée de ce qu'était un arpent, mais elle aurait sa magie.

***

Ils étaient tous là, dissimulés dans la pénombre, dans d'étranges combinaisons qui lui rappelèrent ceux de la milice, et des besaces de la même couleur en travers de la poitrine. Andraste guettait, avide d'en savoir plus sur le commerce de reliques. Il fallait qu'elle parte d'Imani. Récurer la vaisselle de Karthagena ne lui permettrait pas de s'approcher de Faraoh. Il était temps. Ils se mirent à longer les bâtiments, les braseros étaient éteints pour la plupart, plongeant Imani et son quartier dans les ténèbres. Ils avançaient furtivement, et leur silence contrastait avec leurs rires habituellement gras et appuyés à la taverne. Les nerfs à vif, Enkil regardait droit devant lui, sans se soucier de l'espace qu'il occupait, ni de la poussière qu'il dérangeait de ses pas. Mais son regard perçant les ténèbres détectait le moindre mouvement des ombres tremblantes dans les recoins d'Imani. Il aiguisait ses sens, l'instinct de chasse qui allait débuter hérissait ses poils sur sa nuque. Ils arrivèrent devant la porte et entrèrent un par un, non sans jeter un dernier regard en arrière. Andraste attendit quelques secondes, et les suivit silencieusement en longeant les murs, car toujours habillée des hardes couleur cendre, elle était plus visible qu'eux. L'autre élément qui aurait pu la trahir était ses cheveux, mais elle avait pris l'habitude de les attacher en chignon bas, et les racines avaient curieusement foncé, comme si les ténèbres de Faraoh contaminaient jusqu'au moindre pore de la peau. Elle entra, et, comme lors de sa première visite avec Liguria, opta pour la droite. Elle marchait en veillant à poser le pied le plus légèrement possible jusqu'à la porte, la curiosité de plus en plus aiguisée. Ils étaient forcément de l'autre côté de la colonne d'alimentation en eau. Il y avait donc bien des passages. Elle tira de sa poche le boîtier pour détecter la présence de la milice, mais se ravisa. Après tout, si Enkil et sa bande y allaient à cette heure-ci, et ce jour-ci, c'est que la voie était libre. Elle ouvrit donc doucement la porte, et pénétra dans le cœur de l'alimentation de Renova. Là, sur la passerelle, elle ferma les yeux, et au bout de quelques secondes, elle entendit le bruit métallique de pas martelant le sol grillagé, même à pas feutrés. Andraste avait développé une ouïe sélective au fil des jours à Imani, ignorant ainsi les gémissements et murmures pour rester attentive à toute information. Elle entreprit de faire le tour de la passerelle et s'arrêta devant la porte qui l'attirait. Tirant le boîtier de sa poche, elle enfonça la fiche dans le boîtier qui servait de serrure et attendit impatiemment. Pourvu qu'ils ne soient pas allés trop loin. Sinon sans eux, elle allait sans doute se perdre... Au moins, il n'y avait pas de Tengu ici... Juste la milice. Et si elle rencontrait Lyandre, que dirait-il ?

La porte s'ouvrit dans un léger claquement. Andraste s'engagea dans le tunnel plongé totalement dans l'obscurité, élevant les mains pour percevoir la présence des rebuts. Là. Curieux. Ils étaient à droite, mais au-dessus d'elle. Son entraînement au sein de la Caste l'aurait-il trompée ? Un léger souffle balaya son visage et ses cheveux et l'arrêta net. Une vague de hêka venait de la transpercer. D'où est-ce que cela pouvait venir ? Elle se concentra davantage, inclinant la tête, et faisant bouger les doigts comme sur un instrument de musique, cherchant l'air et le peu de hêka qu'il portait ici. Là, à droite, une bouche d'aération dont la grille avait été enlevée. Par Aum ! Comment Enkil avait-il pu se glisser là-dedans ? Mais lorsqu'elle s'y engagea, elle constata que le tunnel avait été agrandi à coups de pioche. Une odeur indéfinissable y régnait.

Normal, c'est le principe de ce genre de tunnel, pensa-t-elle en s'introduisant dans le conduit, courbant le dos. Mais où menait-il ? Elle marcha dans le noir complet pendant quelques secondes, lorsqu'elle sentit le vide devant elle. Elle prit de plein fouet le hêka qui montait de la terre, encore non vicié par les méandres de Renova et l'esprit corrompu de Faraoh. Elle inspira à plein nez de délice, de bonheur, et sentit son corps vibrer puis s'apaiser. C'était comme se retrouver de nouveau sous l'eau de la cascade à Etheldrede, martelant son corps et le lavant de toute peur. Elle s'assit maladroitement, ébranlée. Les pieds pendant dans le vide, se laissant bercer par le souffle qui montait et la guérissait, elle aurait pu rester des heures ainsi. Les yeux mi-clos, elle se remit alors à écouter les bruits qui l'entouraient. Elle perçut alors une présence non loin d'elle. Se penchant au-dessus du vide, elle sonda les ténèbres, mais ne vit rien. Une impression peut-être. Un léger déclic retentit dans le silence du tunnel. Elle tourna la tête et les vit au-dessus d'elle. Trois rebuts agrippés à la paroi de la colonne. Le léger déclic retentit à nouveau, et elle vit un fin rai de lumière bleue dans le noir. Qu'est-ce que ça pouvait bien être ? Il fallait qu'elle aille voir. Mais comment les rejoindre ? Ni crochet, ni échelle. Juste elle. Andraste saisit son médaillon dans les mains, et sur une inspiration, l'enleva pour le glisser dans sa poche. Pour ce qu'elle comptait faire fonctionner, il lui faudrait trouver un autre système sous peine de le perdre. La bête en elle répondrait-elle à son appel ? Elle inspira davantage encore le hêka qui montait, pour s'en gorger les poumons. Mais rien ne venait. Pourquoi n'arrivait-elle pas à déclencher sa transformation ?

« Patience, la magie prend du temps », lui avait dit Cassandra un soir autour d'un feu pour son anniversaire. Andraste se rappela un autre jour dans une clairière où avec d'autres novices, elle avait fait remonter des cristaux des tréfonds de la terre. Elle se leva, s'agrippant aux rebords du tunnel au-dessus d'elle, les pieds plantés dans le sol, et inspira puissamment en ondulant de la colonne. Si la bête était capable de faire mourir la magie de la forêt, c'est qu'elle avait sa propre puissance, ou bien qu'elle se nourrissait du hêka de la forêt, sans doute... Elle sentit la puissance déferler jusque dans les moindres pores de sa peau, et, mue par une étrange sensation, elle se mit à lui parler, pour la première fois :

« Je sais que tu es là. Viens, s'il te plaît. Aide-moi. On peut travailler ensemble, toi et moi. »

Elle ferma les yeux, prêtant attention aux symptômes, et soudain, elle ouvrit les yeux. Là, dans sa gorge, elle sentit le goût du sang, et un bouillonnement, une rage monter. Elle se sentit haleter. Son cœur s'accéléra brutalement, et, regardant sa main, elle put voir sa peau devenir violacée, et ses ongles s'allonger. Elle avait réussi ! Son corps tremblait de toute part, mais elle avait réussi ! C'est alors que d'excitation sa prise se relâcha, et perdant l'équilibre, elle tomba dans le vide.

∗∗∗

Enkil était arrivé le premier et rangeait ses arpents, ces crochets à force électromagnétique qu'il fixait à ses chaussures et qui lui avait permis de grimper jusque-là. Ébahi, il observait la porte ronde dressée devant lui. La surface lisse en verre donnait à voir un système d'engrenages dentés. Ce notable avait dû dépenser une petite fortune pour faire réaliser ce système. Quel était le trésor qu'il voulait cacher ? Eychel était un ancien rebut devenu sénateur, et devait amasser un sacré petit magot. Enkil sourit de joie. Kranios et Furk furent à ses côtés quelques secondes après, et Kranios siffla en découvrant le chef-d'œuvre. Les coffres-forts des banques avaient tous une seule entrée qui servait de sortie. Normalement, ils n'étaient ouverts que pour des dépôts, rarement pour des retraits, et les riches ne pouvaient porter plainte pour vol pour des éléments qu'ils n'étaient pas censés posséder. Mais on pouvait compter sur la stupidité de l'être humain pour être fasciné par l'interdit et son désir irrépressible de le braver, se félicitait Enkil. Il n'y avait qu'une banque, la banque de Renova qui promettait de sécuriser les quelques biens que possédaient les riches, ceux qui étaient, à force d'obéissance, arrivés à cette position enviable : responsable de l'approvisionnement, responsable de l'entretien des bâtiments, responsables divers dans l'administration… Chacun avait sa place à Renova, cette machine bien huilée. Enkil étudiait attentivement les rouages de la porte. Le prochain clic résonna et renseigna peu le Danaikvas sur le fonctionnement du coffre.

« On dirait une minuterie », marmonna-t-il.

Et lissant la surface dentelée de la machine de son index, il dit pensivement :

« À toi de jouer, Kranios. »

Ce dernier était celui qui avait conçu le boîtier qu'utilisait Andraste pour ouvrir les portes du cœur de Renova. Il ouvrit un boîtier, que lui seul et ses yeux aguerris avaient détecté. Il y brancha un écran de petite taille, volé au laboratoire de la milice. Une petite victoire personnelle. Kranios mâchonnait une brindille de porine, une herbe odorante qui rafraîchissait l'haleine.

« C'est drôle, il y a une sorte de minuterie qui repart toutes les quinze minutes. Et au bout de ces cinq minutes, elle s'arrête…, mais… derrière la porte, il y a un système de pistons. Comme s'il y avait derrière une autre porte.

— On verra bien. Ouvre, Kranios, j'en peux plus. »

Les deux autres rebuts les avaient rejoints, lorsqu'un bruit sourd retentit et fit vibrer la passerelle sous leurs pieds. Ils dressèrent l'oreille et se figèrent.

« C'était quoi ce truc ?

— Furk, t'as bien fermé la porte derrière toi ?

— Bien sûr ! Vous me prenez pour qui ? Un amateur ? »

Mais la passerelle vibra plus fort. Les rebuts reculèrent instinctivement vers la porte.

« Combien de temps avant que tu puisses ouvrir la porte ? »

Kranios pianota nerveusement sur son écran.

« Deux minutes. »

Furk et les autres dégainèrent leurs armes. C'étaient de simples fusils d'assaut, ancienne génération, au cas où ils rencontreraient la milice. Les cartouches n'étaient même plus fabriquées, c'est pourquoi ils ne les utilisaient que rarement. Ce qu'ils ignoraient, c'est que ces armes ne leur seraient d'aucune aide face à la menace qui les avait pistés. Le bruit sourd se rapprocha, se faisant plus intense.

« On dirait des bruits de pas », murmura un des rebuts après avoir dégluti.

« Une minute », dit Kranios.

Ils reculèrent tous un peu plus derrière la porte, tendus et prêts à tirer sur ce qui allait surgir. Soudain, le silence se fit, ne laissant entendre que l'atroce cliquetis de la porte égrenant les secondes jusqu'à leur salut. Enkil n'avait pas dégainé son arme, et seul dos au couloir, il fixait la poignée, un gouvernail circulaire, et crispait ses mains dessus. L'écran de Kranios affichait des chiffres en vert sur fond sombre, défilant à une vitesse vertigineuse. Il allait trouver la combinaison secrète.

« Quelques secondes. »

La passerelle tressauta sous leurs pieds dans un formidable bruit, et l'un des rebuts n'y tenant plus, hurla :

« Kranios, putain !! »

La porte s'ouvrit avec un bruit d'air, Enkil la tira de toutes ses forces, et les rebuts s'engouffrèrent à l'intérieur. Le géant mobilisa toutes ses forces pour refermer la porte sur eux. Kranios l'aida, et le verrou s'amorça juste à temps avant que le compteur reprenne son interminable ronde parfaitement calculée.

« Putain, mais c'était quoi ça ? » murmura un rebut d'une vingtaine d'années, nommé Fol.

Un cri strident retentit de l'autre côté. Personne ne lui répondit, mais ils se posaient la question de comment ils ressortiraient de cet endroit sans rencontrer cette chose. Fol et Enkil se tenaient juste devant la porte, tandis que Kranios, Furk et l'autre descendaient les trois marches et se retrouvèrent devant un espace vide. L'endroit était peu éclairé, mais ils pouvaient voir au milieu de la pièce trois coffres en métal.

« C'est tout ?? » cria Furk.

La ronde de la minuterie continuait son bruit métallique. Enkil se sentit soudain très nerveux. Il y avait autre chose. Comme un parfum. Non, une trace qui flottait dans l'air. Mais ça n'était pas dans la pièce. Il plissa les yeux pour sonder les recoins de la pièce. La chose avait été déplacée... La minuterie s'arrêta comme à son habitude au bout de cinq minutes. Le géant vit les pistons s'affaisser contre le mur. Il eut à peine le temps de les voir, mais il distingua un laser sortir des rainures du sol et qui balaya l'air en une fraction de seconde. La racine qui sortait de la bouche de Kranios fut coupée en deux et retomba sans un bruit sur le sol. Fol et Enkil, figés dans un horrible pressentiment, virent alors les trois rebuts qui s'étaient avancés s'effondrer, leurs chairs découpées en morceaux parfaitement égaux. Fol recula de stupeur, et Enkil murmura :

« Ça, je l'avais pas vu venir... »

Son jeune acolyte se précipita pour ramasser l'écran de Kranios, mais lui aussi avait été coupé en deux. Il le projeta au sol de rage, où le boîtier vint se fissurer encore davantage.

« On est faits comme des rats, Enkil. »

Andraste, de l'autre côté, luttait pour reprendre le contrôle. Elle voyait ses griffes s'agripper au grillage et essayait de ralentir le rythme. Elle ferma les yeux pour se concentrer sur une image, mais tous ses sens braqués sur l'odorat et l'odeur du sang la rendait folle. Elle se dressa de toute sa hauteur contre la porte et frappa de toutes ses forces dessus. Elle pouvait presque sentir la chair tendre et encore chaude devant elle. Le verre se fissura à peine... Elle frappa à nouveau. Et encore. Et encore. La douleur sur son poing commençant à lui lancer, elle s'arrêta un moment. Elle renâcla, recula, fouettant l'air de sa queue. La douleur à présent devenait plus forte que l'odeur du sang. Elle secoua la tête, grognant plus fort, et regarda sa main déformée par la transformation. Crachant de douleur, la bête se calma quelques secondes. Une seconde pendant laquelle, du fond de sa conscience, la partie humaine remonta à la surface, et dans une fraction de seconde, elle saisit le médaillon encore présent dans la poche pour le mettre autour du cou. La soif de sang et la rage s'apaisèrent, et lentement, Andraste sentit ses traits se détendre, et ses ongles reprendre une taille normale. Elle hoquetait encore sous le choc, une légère nausée lui enserrant le ventre. Elle se répétait : *ralentis ton cœur... Expire plus lentement...* tout en fixant le médaillon qui se balançait de son cou vers le sol. Les visages de Lyra, Lyandre et Enkil vinrent devant ses paupières. Leurs traits se succédèrent, soulevant des bouffées de larmes, et des soupirs. Elle remplit peu à peu ses poumons d'air, et essaya de se relever. Ses jambes acceptèrent de la porter, mais Andraste remarqua que ses vêtements étaient désormais en haillons. Par miracle, elle n'avait pas perdu son médaillon... Elle se dressa tout à fait, roulant la tête sur les épaules pour totalement reprendre possession de son corps, et elle perçut alors la peur. Son odorat d'humaine ne pouvait percevoir l'odeur du sang, mais elle sentait la peur de Fol. Elle observa quelques minutes le mécanisme. Elle n'y comprenait rien. Elle avait laissé le boîtier dans le tunnel d'aération. *Évidemment...* Peut-être que... La transformation l'avait secouée, mais elle ne se sentait pas faible pour autant. Il s'était passé quelque chose derrière la porte. Enkil était toujours en vie, elle percevait sa présence plus calme, tandis que le cœur de Fol s'accélérait à mesure que les rouages de la porte s'enclenchaient dans leur mécanisme. Elle appuya sa main contre la vitre et laissa le hêka monter en elle. Pourrait-elle tordre le métal encore davantage ? Devant le peu de succès, elle recula pour réfléchir. Il fallait qu'elle passe de l'autre côté. Elle essaya de faire tourner la barre qu'avait tenue Enkil un peu plus tôt. Si seulement elle pouvait la faire sortir de ses gonds. Les muscles tendus, toute l'attention braquée sur cette barre froide sous ses paumes, le métal répondit en se tordant légèrement, s'incurvant sous la force de l'énergie mise en mouvement par Andraste. Mais rien n'y fit. Quelle idiote ! Elle aurait dû garder le boîtier avec elle. Mais elle avait déjà eu de la chance de ne pas perdre le médaillon, elle ne pouvait pas se permettre de perdre l'accès à l'eau. Voyons... *Le boîtier, tu le branches à chaque fois à un dispositif encastré sur le côté... Sur le côté* !!! Là, le boîtier avait été laissé ouvert par Kranios. Une idée germa dans sa tête. Et pourquoi pas ?

Elle avait réussi avec quelques ampoules électriques, puis avec l'écran. Elle ferma son poing et ouvrit sa main plusieurs fois. Le hêka lui répondait de plus en plus vite. Elle le laissa se répandre le long de ses doigts, et au lieu de fermer son poing, elle le réduisit à une petite flamme dansante sur son index pointé. Elle retint son souffle, se concentra sur cette lueur, une fine flamme bleue, et l'introduisit dans la fiche de branchement laissée béante. Les rouages s'arrêtèrent net. Puis ils reprirent, lentement, et enfin, de plus en plus vite jusqu'à devenir fous. Andraste recula et revint se mettre devant la porte, sentant monter l'excitation. Et soudain, le silence. La porte s'ouvrit sur le visage de Fol, et celui d'Enkil, presque toujours imperturbable.

Chapitre 12

Sur le sol en terre battue d'Imani, Fol fixait Andraste de ses yeux inquiets. Elle tâta rapidement les traits de son visage. Non. Tout allait bien, elle était redevenue normale.

« Comment t'as réussi à ouvrir cette porte ?

— Aucune importance !

— Tu sais ce que c'était ce truc derrière la porte ? Tu l'as vu ?

— Non, je ne sais pas ce que c'était. C'était parti avant que j'arrive. »

Fol se passa la main dans les cheveux.

« On s'en fout, en fait. J'en ai ma claque d'ici. Je me tire !

— Où tu vas ?

— Je me tire de ce trou à rats. Faire fortune, hein ? T'as que ce mot-là à la bouche, et voilà le résultat ! Putain… Kranios… »

Il se planta devant Enkil et dressa son index devant lui :

« Je vais pas me faire tuer pour cette vie de merde. Je quitte Imani. Y'a forcément autre chose qu'ici ! »

Enkil le saisit par les épaules et le força à le regarder dans les yeux.

« Ce qui est arrivé aux autres, c'est malheureux… Mais je ne l'ai pas vu venir… »

Fol détourna les yeux, et Enkil le lâcha. Le jeune garçon, aux joues creusées par la faim et aux yeux tendus, fixait le sol, abattu.

« Sans Kranios… on est morts, Enkil. »

Le géant le regarda, pensif.

« Je crois que nous venons de trouver notre nouvel associé… »

Fol le regarda par-dessous ses mèches, les yeux grands ouverts.

« Elle ? Une fille ? On n'a jamais vu ça chez les arpenteurs !

— Je n'ai jamais vu un système aussi sophistiqué dans une vie de rebut. »

Fol observait toujours Andraste en coin, et celle-ci ajouta :

« Est-ce que tu as des dettes envers Karthagena ? »

Le jeune homme ferma davantage son visage et détourna le regard. Andraste poursuivit :

« Elle pourrait reporter les dettes de Kranios et des autres sur vous deux. Mais ce qui est certain, c'est qu'elle ne te laissera pas partir… Tu as déjà essayé la porte sud, j'imagine…

— Oui, répondit-il piteusement.

— Je ne compte pas non plus rester à Imani. Tu n'as aucune carte, tu n'irais pas loin. Je peux vous aider. Mais il faut me faire confiance. »

Fol réfléchit quelques secondes. Il ne savait pas comment, mais elle leur avait sauvé la vie. Cette fille, silencieuse comme une ombre aux yeux toujours baissés, avait peut-être des dons du même genre que Sigrid. On ne voyait jamais la vieille femme. Mais on murmurait qu'elle était une sorcière rouge et que ses dons tenaient la milice éloignée comme derrière un bouclier magique.

« Je veux pouvoir quitter Imani rapidement. Alors si tu peux m'aider à ça, d'accord. Dans dix jours. Et je ne veux plus de plans foireux, Enkil. »

Il tourna les talons. Le géant fit la moue en fixant ses chausses.

« Plans foireux… Il est bien content quand ça marche. »

Puis il regarda Andraste.

« Ta dette envers moi est largement payée. Maintenant, on va faire de toi une arpenteuse. Viens. »

**

La jeune femme encapuchonnée prit un peu de terre et s'en frotta les joues, ainsi que le bas d'une robe déchirée qu'elle réservait pour ces missions dans les bas-fonds. Le costume parfait d'une gueuse. Elle avait choisi de garder ses cheveux attachés. Ils étaient trop lisses et soyeux, jamais elle n'arriverait à imiter des semaines passées dans les bas-fonds. Même si elle n'était plus une rebut depuis des années, elle connaissait toujours les dédales de rues et l'accès à Imani. Comment le sénateur Elijah, qu'elle pistait depuis une heure, connaissait-il cet endroit ? Il fallait être voleur, assassin, ou fille de joie pour atterrir là. Elle le savait. Elle savait depuis son plus jeune âge qu'il fallait la protection d'un puissant. Elle avait eu la chance de rencontrer son maître. Ce n'était plus une dette qu'elle payait. C'était par choix qu'elle restait auprès de lui, et qu'elle l'aidait, quoi qu'il demande. Emrys hésita un instant avant d'entrer dans Imani. Et si quelqu'un la reconnaissait ? Elle eut un petit rictus qui lui déforma les lèvres. Elle lui mettrait sa dague sous la gorge, tout simplement. Elle entra silencieusement, se faisant ombre, et suivit Elijah des yeux qui montait l'escalier. Lorsqu'elle le vit entrer dans des premières chambres du deuxième étage, elle pesta intérieurement. Tout ça pour ça ? Pour le sexe ? Emrys s'adossa à un poteau, se fondant dans son ombre, et attendit.

***

Andraste, dans la chambre d'Enkil, regardait brûler ses anciens vêtements : ce soir, elle laissait son innocence derrière elle, mais aussi ses peurs et des doutes. Enroulée dans un tissu qui avait dû servir de rideau, puis de drap, elle fixait les flammes léchant ses haillons, et laissait son esprit vagabonder sur les récents événements. Enkil fouillait dans une malle en marmonnant. Il se redressa avec une exclamation en tenant devant lui un vêtement noir, si fin qu'Andraste se demanda comment elle allait y entrer. C'est à ce moment-là que Liguria entra dans la chambre. Elle s'arrêta net sur le seuil, et une légère rougeur vint colorer ses joues. Andraste ne laissa rien paraître et lança à Enkil.

« Enkil veut me faire enfiler une peau de serpent. Il t'a fait le coup aussi ? »

Liguria sourit légèrement en voyant la tenue qu'agitait Enkil au bout des doigts comme un trophée. La jeune barde referma la porte derrière elle, et alla s'adosser au mur tandis qu'Andraste enfilait la tenue. Le géant saisit une racine dans une carafe sur une table, et se vautrant sur une chaise, entreprit de brosser ses dents avec.

« C'est une tenue de la milice. Vu la taille, ça devait être pour un jeune garçon. Ça a été une des premières prises que j'ai faites quand j'ai débuté comme arpenteur. Le dépôt de la milice à l'époque était facile. Après les technos, ceux qui sont chargés de la sécurité ont tout trop bien ficelé… »

Andraste, après s'être battue avec le drap pour se glisser dans l'habit, laissa tomber le bout de tissu, un peu gênée.

« J'ai l'impression d'être nue.

— Oh, mais tu as l'air nue. Recouverte de noir, mais nue », lui lança Enkil en même temps que des bottes.

Liguria haussa un sourcil et dit d'un ton sarcastique :

« Si ça peut te rassurer, ça t'écrase les seins, alors tu pourras te glisser plus facilement dans les conduits.

— Merci, Liguria.

— Je t'en prie, Andraste.

— Les bottes seront peut-être un peu grandes, faudra mettre un peu de tissu dedans. Bon, si les moqueries sont finies, on y va.

— On va faire quoi ?

— Te donner une première leçon.

— Attends… D'abord… »

Andraste s'affaira pour détacher le chignon qu'elle gardait en permanence depuis son arrivée.

« Donne-moi un poignard, Enkil. »

Il lui en tendit un sans mot dire, et Andraste, saisissant ses cheveux à pleine poignée, les coupa net.

Liguria ouvrit la bouche de surprise.

« J'aurais rêvé d'avoir des cheveux clairs… »

La jeune fille regarda ses cheveux blonds un bref instant et les jeta au feu.

« Je rêve d'un bain dans une rivière. »

Le sénateur Eychel regardait attentivement les écrans. L'enregistrement était de plutôt bonne qualité, il se félicitait chaque jour d'avoir investi une petite fortune dans ce système. La majeure partie du tunnel était sombre. Il se pencha attentivement lorsqu'il vit une forme à peine humaine ramper à quatre pattes vers la porte, le corps secoué de convulsions. Qu'était donc cette chose ? Il l'observa se dresser, frapper la porte à plusieurs reprises. Son cœur rata un battement, et il dut cligner des yeux à plusieurs reprises. Non, il avait bien vu. La chose s'était transformée en fille. Il eut encore plus de peine à croire les images en voyant la flamme danser au bout du doigt de la jeune fille en haillons. Cette fille pratiquait les arts magiques. Mais était-ce vraiment une fille ?

Il regarda la bande jusqu'au bout, et appuya sur le bouton.

« Destruction des images, monsieur ?

— Oui.

— En êtes-vous sûr, monsieur ?

— Oui. »

L'ordinateur s'exécuta. Le sénateur Eychel regarda par la fenêtre d'où il pouvait voir l'Azur. Les nouvelles pièces avançaient sur l'échiquier. Il lui fallait jouer finement. Et d'abord trouver cette fille avant Faraoh ou la milice.

« Bon, ce soir... on va faire un petit échauffement. Rien de bien méchant. Tu vas te familiariser avec tes arpents. Allez, en piste ! »

Et Enkil lui claqua la main sur l'épaule. Il l'avait emmené devant le mur en béton, l'enceinte qui protégeait le cœur de Renova. Andraste ne se sentait nullement nerveuse. Elle avait survécu à l'initiation de la magie, son entrée dans le noviciat, survécu à un Tengu, et à la torture de Swig. Elle pouvait désormais utiliser le hêka sans formule, le convoquant de plus en plus aisément. Si Fol arrivait à arpenter les murs, pourquoi pas elle ?

« Bon, ce sont comme des éperons, ces trucs que les gens portaient quand ils montaient des chevaux. Tu le fixes à tes bottes et ça va te fixer à la paroi. Tu peux tout grimper, sauf le verre.

— Pourquoi ?

— Je sais pas.

— Ça marche comment ces trucs ?

— Claque-les l'un contre l'autre. »

Andraste claqua des talons l'un contre l'autre.

« Saute et essaie d'agripper le mur.

— Quoi ?

— Saute. Comme un animal. »

Elle le regarda, hésitante, et comme elle ne voulait pas que Liguria s'imagine qu'elle avait peur, elle sauta contre le mur, mais ne réussit pas à agripper la surface de ses doigts. Pourtant, elle avait senti une force attirer ses pieds contre la surface. Enkil lui dit, lorsqu'elle retomba sur le sol :

« Maintenant tes mains. »

Il lui accrocha sur les paumes des mains deux tampons se fixant sur les poignets.

« Vas-y. Les deux poings fermés. »

Andraste s'exécuta et claqua les deux poings fermés. Elle vit alors les deux arpents luire dans sa main, irisés de fils bleus. Qu'était-ce donc ? Ce ne pouvait être du hêka. Devant son regard hypnotisé, Enkil lui lança :

« Éclate-toi, ma grande. »

Andraste sourit et posa une main. Elle sentit sa main scotchée contre la surface. Elle baissa la tête et regarda attentivement en posant son pied droit contre le mur. Les éperons se scindèrent en deux et une partie vint se fixer sous la semelle, en contact avec le mur tandis que le reste luisait derrière son talon. Elle sentit son pied comme verrouillé. Un dernier regard de gratitude à Enkil, et elle amorça sa montée. D'abord lentement, puis elle chercha à avancer toujours plus haut, apposant sa main plus au-dessus de sa tête, étirant son bras le plus possible. Bientôt, elle fut à six mètres au-dessus du sol. Liguria, qui se tenait au côté d'Enkil, se détourna :

« Dis, Enkil, tu lui as parlé de l'annulation de la force électromagnétique équivalente ?

— Ah… euh…

— Je serai curieuse de la voir après votre séance. Si elle est encore en vie.

— Avoue Liguria, tu l'apprécies.

— Mouais…

— Tu vas chanter tes berceuses ?

— Oui, comme d'habitude.

— Les habitudes sont dangereuses à Renova. C'est comme ça qu'on se fait repérer, petite barde.

— Occupe-toi de la garder en vie, pour qu'elle sauve tes grosses fesses. »

Enkil gardait les yeux fixés sur Andraste qui arpentait à présent la paroi à grande vitesse. C'était grisant, presque aussi grisant que sentir le hêka parcourir son corps. Droite gauche, droite gauche, elle se sentait comme un animal courant dans la plaine, c'est alors que soudain, ses mains glissèrent sur la paroi. Par Aum ! Elle ralentit et amorça sa descente vertigineuse tout en griffant désespérément le mur qui lui échappait. Son cœur s'accéléra, elle saisit son médaillon, et appela tout le hêka de tous ses organes pour le ramener brutalement dans la paume de sa main. Sa panique perturbait le hêka, mais elle puisa en elle le même courage qui l'avait fait tenir face au Tengu, face à la Shunga, face à Swig. La détermination de ne jamais s'avouer vaincue. Et tandis qu'elle continuait de tomber, elle frappa la paroi de toutes ses forces, projetant le hêka. L'aimant se réactiva, et son épaule accusa le coup de la chute, stoppée net. Le corps brûlant de sueur, le reste de ses membres pendant dans le vide, elle reprit ses esprits quelques secondes, clignant des yeux. Puis en amorçant sa descente à pas mesurés cette fois-ci. Elle apostropha Enkil quand elle toucha le sol.

« Tes arpents sont défectueux !! »

Le géant fixait le mur derrière elle sans rien dire.

« J'ai oublié de te dire qu'il fallait toujours prendre son temps, et poser un membre après l'autre. Jamais les quatre en même temps.

— Effectivement, ça aurait été une information intéressante !

— Ça t'a plu ?

— … Oui.

— Faut juste que t'apprennes à te contrôler. »

Andraste ne répondit rien et se retourna vers le mur. Elle se figea en découvrant une fissure qui lézardait le mur. Enkil poursuivit sur un ton égal :

« Demain, on commencera par quelque chose de facile. Allez ! On rentre. »

Elle suivit sans mot dire le géant, tenant ses arpents à la main.

« C'est donc ça l'activité principale des rebuts…, vous volez…

— On vole rien. On se sert de la cupidité des riches.

— Vous prenez quoi ?

— Ce qu'il y a, car tout s'échange à Renova : or, cuivre, reliques, argent, armes, nourriture…

— Vous vous faites jamais prendre ?

— Eh bien… La milice sert à combattre les restes de l'ancien monde. Pas à les conserver. Hier…, c'était une première. Il y a eu des accidents, mais jamais de morts… jusqu'à maintenant.

— Vous aviez déjà vo… emprunté des choses à ce Eychel ?

— Oui. Il est riche.

— Et comment on devient riche à Renova ?

— Je suis très âgé, même si j'en ai pas l'air.

— C'est l'effet d'Emma !

— Mais c'est qu'elle a de l'humour, la gamine ! »

Enkil partit d'un rire tonitruant qui résonna dans les rues.

Andraste, les sens en éveil, s'arrêta. Les rues étaient désertes. Ils étaient arrivés devant Imani, les danseuses avaient disparu, et les rideaux dans lesquels elles s'enroulaient pendaient lamentablement, comme deux fantômes osant à peine frôler le sol. Andraste et Enkil se regardèrent en silence, ralentissant légèrement, et ils cachèrent leurs arpents dans leur besace en travers de la poitrine. Ils entrèrent sans hésiter dans le sombre couloir, et Andraste comprit que le piège s'était refermé sur eux. Là, au milieu de la pièce, se tenaient les rebuts silencieux, tenus en joue par la milice. Un des miliciens surgit dans leur dos et les poussa vers les autres du bout de son arme et parla dans sa manche.

« Capitaine, on en a deux de plus. »

Chapitre 13

Andraste sentit son cœur rater un battement. Quelqu'un lui serra la main à droite.

« Liguria ! Tu vas bien ?

— C'est ma faute…, chuchota la jeune barde.

— De quoi parles-tu ?

— Je suis retournée chanter pour les enfants. Et je suis retournée sur le toit pour réfléchir. Ils m'attendaient.

— Mais tu ne faisais pas de magie.

— Non. Mais ils ont dû repérer la trace qu'on a laissée la dernière fois.

— La trace que j'ai laissée… »

Andraste cherchait à se dissimuler derrière Enkil, gardant la tête baissée. Liguria continua :

« S'ils ne trouvent pas les reliques de Karthagena, on a une chance. On a tous une puce après tout.

— Une quoi ? »

Liguria regarda vivement sa jeune compagne.

« Tu t'en es pas fait poser une ? »

Andraste secoua la tête, glacée de peur.

La jeune barde saisit la manche d'Andraste et l'invita silencieusement à la suivre. Ce fut à ce moment-là qu'Enkil tonitrua d'une voix à faire trembler les murs.

« Eh bien quoi ? On n'a plus le droit de vivre comme on veut à Renova ? »

Luderik releva son casque, et descendit les quelques marches sur lesquelles il était posté. Pesant de tout son poids sur chaque marche, l'arme prête à tirer, il fixa le géant qui aurait fait un parfait milicien s'il n'avait pas été un rebut. Luderik, comme tous les miliciens, prenait du Pax. Mais c'était celui qui en prenait le plus pour tempérer son caractère irascible.

« Qu'est-ce que t'as à grogner, toi ? »

Il marcha au milieu des rebuts. La colère sourdait sous la crainte. Enkil fit un pas :

« Dis donc… T'es pas un de ces grands "danmachins" par hasard ? Ta mère a dû en chier pour te sortir, le gros.

— Ma mère, Dana, souffre plus chaque jour que des vomissures de Tengu dans ton genre marchent sur elle … »

Luderik fut décontenancé, mais comprit l'insulte. Le Pax détecta le taux d'hormones androgènes qui affolait le système nerveux et entra en action, neutralisant l'effet de la colère. Luderik se détourna. Les années de programmation combinées au Pax firent leur effet. Seul le capitaine pouvait donner l'ordre. Mais où était-il donc ?

« Qu'est-ce qui t'emmerde le plus ? Le fait d'être une vomissure ou de pas savoir ce qu'est un Tengu ? Espèce de mouton ignorant... »

Luderik s'arrêta net. Andraste et Liguria reculaient doucement depuis le début de l'échange, et avaient presque atteint une échelle en bois. Luderik se retourna et d'un coup de crosse frappa Enkil au menton, qui ne vacilla même pas.

« Suis-moi », souffla Liguria.

Au moment où cette dernière montait l'échelle, Andraste vit les rebuts se jeter sur Luderik, et la milice hurler du haut des balcons sur la foule.

« Personne ne bouge ! Arrière ! Reculez !! »

Laissant les vagues de rebuts se briser au pied des marches principales, les deux filles montèrent les étages, profitant de la panique. Elles se glissèrent silencieusement le long du mur du dernier étage. Les quelques miliciens, penchés au-dessus de la rambarde, ne les virent pas. Liguria tira la manche d'Andraste et la fit entrer dans une pièce visiblement occupée. Elle referma doucement la porte, en vérifiant que les miliciens étaient toujours occupés.

« S'ils me trouvent, je suis morte.

— Ils vont détecter ta…, ce que tu fais. Dans ton sang. »

Et bien plus que ça ! se dit Andraste.

Liguria parlait à voix basse, fouillant à présent dans le tiroir d'une boîte noire à plusieurs étages. Elle saisit nerveusement une espèce de pistolet, et enfonça un petit objet de couleur métallique à l'intérieur. Elle dut s'y reprendre à deux fois tant elle tremblait.

« Normalement, c'est Kranios qui faisait ça. Je ne l'ai vu faire qu'une fois. »

Andraste entendit le déclic, et Liguria la fixa :

« Prie qui tu veux pour que ça fonctionne. »

Elle saisit brusquement Andraste par le cou, et lui tira dans la nuque. La douleur fut brève, mais une sensation de chaleur perdura dans son cou.

« Vite on redescend. Faut pas qu'ils trouvent ça. »

Elle referma précipitamment la boîte remplie d'outils divers en dessous du lit.

« C'est un peu dérisoire comme cachette, non ? murmura Andraste.

— Oh, la ferme ! »

Mais Andraste pensa : *S'ils décident de tout fouiller, ils le trouveront. Mais pourquoi n'avaient-ils pas déjà commencé à fouiller, justement ? Qu'est-ce qu'ils attendaient ?*

***

Nagos sentit ses narines se dilater de fureur devant l'aplomb d'Elijah. Le capitaine regrettait amèrement de ne pas avoir pris sa dose de Pax ce matin.

« Vous allez contrôler ces gens, vérifier si le deuxième "incident" est ici, et vous n'embarquerez personne.

— La cause commune exige que…

— Votre mission actuelle, capitaine, est de trouver le deuxième "incident". Ces rebuts sont trop âgés de toute façon pour faire des miliciens. »

Karthagena se félicitait de ne pas avoir cédé trop vite cette fois-ci aux assauts d'Elijah. Vêtue d'une robe d'intérieur vert sombre, mettant en valeur ses courbes, les cheveux à demi relevés, soulignant la finesse de ses traits et le bleu de ses yeux qu'elle gardait pourtant baissés, la maîtresse des lieux était très en beauté. Nagos ne croyait pas à l'attitude de fausse modestie qu'elle avait adoptée, et il aurait aimé sonder ses yeux justement, voilés derrière ses longs cils noirs. Qui était cette femme qu'il avait trouvée en compagnie du sénateur Elijah, ici, dans ce taudis ? Il lança :

« J'ai dépêché cette mission à la suite d'une détection d'une activité suspecte dans le secteur. Une altération du même ordre que "l'incident" survenu il y a plus d'une semaine maintenant.

— Vous voulez dire qu'il se serait "volatilisé" ? ou mieux encore, "transplané" ?

— Non.

— Dame Karthagena, depuis combien de temps vivez-vous ici ?

— Depuis que j'ai échappé aux mois de boucherie. »

Le capitaine tiqua :

« C'est-à-dire ? »

Karthagena releva le menton et, le regardant droit dans les yeux, dit d'un ton accusateur :

« Les mois où les enfants servaient de nourriture. »

Nagos se raidit. Il essayait chaque jour de réparer les erreurs commises par le passé. La transition entre les dérives sectaires et la cause commune, l'adhésion au Pax et l'abandon des anciens cultes avaient été brutaux. La milice avait commis des exactions. Mais c'était terminé.

« Quel âge avez-vous ?

— 23 ans.

— Avez-vous déjà eu une altération en vingt-trois années sur ce secteur, capitaine ?

— Non, jusqu'à récemment.

— Il est donc passé par ici. Contrôlez ces gens et laissez-les-moi.

— Je connais ma mission sénateur Elijah. Mais votre père connaît-il la vôtre ? Celle que vous semblez mener ici ? »

Elijah se rapprocha et regarda droit dans les yeux ce capitaine qui était une épine dans son pied depuis quelque temps.

« Seriez-vous en train de remettre en question les projets de mon père ?

— Je trouve étrange que le gardien de la Nation traite avec ces individus. Il suffirait de les traduire en justice.

— Pour quel motif ? demanda vivement Karthagena.

— Pratique sectaire, évidemment.

— Vous ne trouverez aucune relique ici, affirma-t-elle. Nous n'aspirons qu'à vivre notre vie. Sans Pax.

— Sans adhérer à la cause commune. »

Elijah posa une main sur l'épaule du capitaine et l'attira vers la porte.

« Personne, et le gardien encore moins, ne veut d'une guerre civile. Tout le monde se souvient des premières heures de la République et du chaos qui s'est suivi. Laissons ces gens venir d'eux-mêmes à la cause. La force n'a servi à rien, et a jeté l'opprobre sur la milice. Vous vous en souvenez, n'est-ce pas ?

— Tout le monde s'en souvient. »

Oui, le capitaine s'en souvenait. La construction de la cité avait pris toute l'attention de Faraoh, et la milice avait pris ses aises, commettant des exactions sur la population affamée et prête à tout pour survivre.

« Vous êtes un homme d'honneur, capitaine. Faisons les choses bien. Pour la gloire de la cause commune.

— Très bien. Nous allons fouiller un par un chaque individu. »

Karthagena avait rebaissé les yeux, et gardait ses mains croisées devant elle.

« Mais si une seule relique apparaît, vous serez tous, je dis bien tous, traduits en justice. »

Il ouvrit la porte et sortit sur la balustrade, les mains croisées dans le dos. Le chaos des tables et des chaises projetées contre les soldats résonnait au milieu des beuglements des rebuts. Luderik et ses hommes tentaient de contenir les rebuts qui les dépassaient largement en nombre, et les avaient encerclés. Tant que le capitaine ne donnait pas l'ordre de tirer, ils devaient les contenir. C'est à ce moment précis que la voix grave et puissante de Nagos retentit, et les rebuts s'immobilisèrent.

« Rebuts ! Vous allez être contrôlés. Toute résistance est inutile. Milice ! Fouillez le bâtiment et trouvez : relique... ou l'individu recherché. »

Personne ne protesta. Andraste et Liguria s'apprêtaient à ce moment-là à sortir. La jeune magicienne entrouvrit la porte et vit Nagos en face, toisant la foule du balcon du troisième étage. Elle se figea. Peut-être qu'en restant dans l'ombre il ne verrait rien ? C'était sans compter sur l'instinct du capitaine, aiguisé par les années de traque. Elle était à peine sortie de la pièce qu'il leva brusquement la tête, et elle se glaça en découvrant son visage. Elle avait imaginé un homme sec, bien plus âgé, vu l'autorité naturelle qui émanait de sa voix. Car elle avait reconnu la voix de l'homme qui l'avait sauvée de Swig. Il l'avait reconnue, c'était sûr ! Sans la quitter des yeux, il longea la balustrade, et parla dans le micro fixé à son col.

« Luderik, une balise, au troisième étage. »

Andraste sentit son cœur s'accélérer, et une moiteur vint lui barrer le visage. Elle recula et les enferma dans la chambre. Liguria cria :

« Qu'est-ce que tu fais ? »

Mais le cerveau de la jeune fille n'obéissait plus. *Ils vont me prendre, et me torturer, me vider de mon sang comme un porc, puis me tuer.*

« Tu es folle ? Tu as conscience que tu te rends suspecte comme ça ? On est piégées ici. »

Andraste se saisit les tempes. Quelle idiote. Mais la sensation de brûlure infligée par Swig lui revenait, ravivée par la chaleur dans son cou qui se répandait le long de son dos. Et si la milice lui faisait subir pire que ça ?

« Attends… c'est pas la puce qui te fait cet effet ? » murmura Liguria.

— J'en sais rien », dit Andraste entre ses dents, se tenant la tête entre ses mains.

La porte s'ouvrit brusquement et Nagos entra. Andraste redressa la tête et recula instinctivement. Mais le milicien s'arrêta sur le seuil et la dévisagea en silence quelques instants avant de saisir un boîtier en marche que lui tendait Luderik qui venait de le rejoindre. Il avait les yeux bruns, les cheveux noirs, et sa mâchoire puissante et carrée achevait de l'auréoler d'un charisme typiquement masculin. Il dit en la fixant :

« Ta nuque, je vais te contrôler. »

Andraste essaya de calmer sa respiration et s'approcha en baissant les yeux. Par Aum, pourvu que cette puce fonctionne. Il lui parla avec une douceur qui la surprit :

« Tu n'as aucune raison d'avoir peur, si tu n'as rien à te reprocher. »

Qu'allait-il faire ? S'il lui prélevait du sang, elle était morte. Elle s'approcha encore et il lui appliqua avec précaution le boîtier sur la nuque. Elle fut troublée par la paume de la main qu'il posa contre sa joue et se souvint d'un index frôlant son visage lorsqu'elle était prisonnière de Swig. C'était donc bien lui. À quelques centimètres de lui, elle sentit son odeur, ce qui la troubla davantage. C'était différent de Lyandre, qui était comme l'écorce des arbres. Cet homme était de granit, comme taillé dans cette pierre dure et froide. Il retira la balise et regarda l'écran d'un air pensif.

« Eh bien... »

Andraste retint son souffle s'attendant à ce qu'il l'attrape par les cheveux, mais il retint sa main.

« Meena... enchanté. Je vois que tu es arrivée il y a deux ans, et tu t'es présentée de toi-même au bureau des recensements. Pourtant, tu as choisi de vivre ici. Puis-je te demander pourquoi ? »

Le capitaine la regardait avec une sincère curiosité. Pourquoi en effet vivre ici, au milieu des immondices, des rebuts malodorants, risquer de tomber dans la prostitution et de mourir de faim ? La jeune fille sentit son cœur se calmer : sa puce nouvellement implantée fonctionnait. Elle avait attribué une identité à son corps, à présent marqué. Une identité qui lui permettait de rester sous le nez de la milice.

« Parce qu'ici je suis libre, lui dit simplement Andraste après un moment. Et cette liberté, je la chéris plus que ce qui pourrait m'arriver. »

Nagos la dévisagea sans comprendre.

« Le Pax est la liberté. »

Il n'arrivait pas à croire qu'il était en train d'argumenter avec cette rebut. Mais une flamme brillait soudainement dans les yeux de cette fille qui à la fois l'agaçait et l'intriguait.

« Nous ne prenons pas de fille dans la milice, mais à Renova il y a une place pour chacun.

— Oui, et quand on dérange trop on est réduit au silence.

— De quoi parles-tu ? »

Liguria s'avança pour couper court à la conversation qui prenait un ton dangereux.

« Contrôlez-moi et qu'on en finisse. »

Nagos laissa errer son regard sur le visage à l'œil unique de la jeune barde. Il vit son air fier, son menton haut, sa frêle silhouette habillée de guenilles. Elle était mal nourrie, elle aussi, c'était évident. Il reposa son regard sur Andraste.

« De quoi parlais-tu ?

— Des mises à mort.

— Il n'y a pas de mises à mort à Renova. Elles ont été abolies par le Gardien.

— C'est faux. »

La fille appelée Meena avait dit ça sans ciller. Nagos détourna les yeux et fit signe à Liguria d'approcher. Il répéta l'opération et laissa les informations défiler sur l'écran de la balise, tout en réfléchissant aux mots qu'il venait d'entendre. Liguria était fichée depuis ses six ans. Si elle avait grandi à Renova, elle aurait reçu l'enseignement national que le Gardien voulait étendre à toutes les cités. Que savait-elle au juste ? Il se passa quelque chose dans son organisme : le réveil d'une émotion que le Pax, le sérum miraculeux qui avait apporté paix et sérénité à chacun, arrivait difficilement à éroder. Et cette émotion se réveilla précisément au moment où l'effet de la solution arrivait à son déclin dans l'organisme de Nagos, sevré depuis vingt-quatre heures du précieux sérum. L'opération de descente dans les bas-fonds avait décalé leur session d'administration... Cette émotion qui émergeait était la curiosité. L'attention de Nagos était piquée au vif, mais il fut interrompu par la voix de Luderik, vibrante d'excitation.

« Capitaine, on le tient. Un qui n'a pas de puce. »

Nagos appuya sur son col immédiatement, sans lâcher Andraste des yeux.

« Quel âge ?

— Moins de vingt ans pour sûr ! »

Nagos allait sortir précipitamment, mais quelque chose d'autre s'était réveillé. Quelque chose pour lequel il ne connaissait pas de mot, mais qui le fit se retourner sur le seuil pour graver dans sa mémoire les traits de la jeune fille.

« On se reverra », dit-il simplement à l'attention de Meena, et il sortit.

En bas, la milice entourait une forme qui se débattait dans un sac. Nagos fit un signe à l'attention de ses soldats qui s'ébranlèrent d'un seul mouvement, gardant l'arme au poing. Nagos, lui, fut le dernier à sortir, et se retourna brièvement pour revoir un certain visage. Mais il ne rencontra que le regard froid d'Elijah qui le toisait du troisième étage.

***

Elijah saisit la main de Karhagena et la porta à ses lèvres. La jeune fille laissa glisser sa main dans un demi-sourire.

« Eh bien, ma douce, il semblerait qu'aujourd'hui, j'ai payé ma dette auprès de toi. Ne me remercie pas. Heureusement que j'étais là. Je ne sais où tu caches tes reliques, mais grâce à moi, ils ne les ont pas trouvées. Mais tu aurais du me dire pour ce jeune rebut.

— Je n'étais pas au courant, je te le jure. »

La jeune femme sentit la haine et la frustration déborder de sa poitrine comme la mélasse se répandant sur le sol. Sentant son sang bouillir, elle décida de changer de sujet. La colère était toujours mauvaise conseillère.

« Ce milicien va te causer des ennuis ?

— S'il a audience auprès du Gardien, oui. Mais cela n'arrivera pas. J'ai moi aussi reçu un entraînement militaire... » murmura Elijah comme pour lui-même en se saisissant de sa veste sombre pour la passer.

La jeune fille s'approcha pour poser ses mains sur ses bras, qu'elle caressa, flattant les muscles sous le tissu.

« Je ne comprends pas. »

Elijah lui prit le menton et regarda ses lèvres.

« Le grand art de la guerre, ma douce et impitoyable Kartha, est de demeurer inattaquable. Tiens tes rebuts prêts, et tu ne le regretteras pas. »

Il rabattit son capuchon et les rebuts prêtèrent à peine attention à cet individu qui se glissa dehors. Andraste et Liguria sortirent à leur tour de la chambre. La jeune barde souffla en regardant par-dessus la balustrade.

« Je sais pas qui est ce malheureux, mais on le reverra pas.

— Oui...

— Si c'est un mineur, il fera partie de la milice désormais. Les fils de bonne famille deviennent fonctionnaires. J'espère qu'il survivra au lavage de cerveau en accéléré qu'ils vont lui faire. »

Emma tapotait le menton d'Enkil qui s'était assis sur un tabouret, et se laissait faire, pensif. Les autres s'étaient avachis sur des chaises vides, ou poussaient du pied les débris de certains tabourets qui avaient volé en éclats lors de l'affrontement. Karthagena apparut en haut de l'escalier principal, drapée de sa robe d'intérieur

« Qui les a amenés ici ? »

Les rebuts s'interrogèrent du regard. Elle était dans une colère noire.

« Qui ? Qui nous a trahis ? »

Elle les regarda un par un, mais ils évitaient son regard, impressionnés par la fureur qui irradiait de son corps.

« Je vous nourris, je vous loge, vous avez accès à tous les plaisirs ! Tout ça ! »

Liguria releva la tête, mais Andraste l'arrêta.

« Non. Elle va te bannir, où irais-tu ?

— C'est ma faute.

— Non. »

Et Andraste s'avança jusqu'en haut des marches de l'autre escalier où elle se trouvait en clamant :

« C'est moi. »

Karthagena se figea, et lentement, se retourna. Elle plissa les yeux en découvrant le visage grave de la jeune fille, qui ne cilla pas.

« Toi ! rugit-elle.

— Descends ! »

Andraste continua de la regarder du haut de l'escalier, mais ne bougea pas d'un pouce. Ce qui rendit Karthagena encore plus furieuse. Elle se tourna vers les rebuts en la pointant du doigt.

« Regardez-la bien ! Regardez cette fille ! C'est à cause d'elle que nous avons été trouvés ! Les sortilèges de Sigrid nous ont protégés depuis quarante ans, aux yeux de la milice, aux yeux de Faraoh... Et à cause d'elle, tout ça... »

Elle ouvrit grand ses bras pour appuyer son propos :

« Tout ça... risque de disparaître. Tout ce que Faraoh vous a pris, je vous le donnais ! C'était votre refuge, votre seul endroit de liberté !

— Liberté ? » répéta Andraste, sarcastique.

Karthagena se retourna et ouvrit la bouche déformée par la haine. Mais Andraste ne la laissa pas parler :

« Tu les tiens à la gorge, tes rebuts. Tu as fait d'eux des esclaves. Ce n'est pas un refuge ici, c'est une prison. »

La superbe jeune femme aux cheveux auburn saisit alors les pans de sa robe et s'apprêta à monter les quelques marches la séparant d'Andraste. Elle allait régler son compte à cette immondice qu'elle avait recueillie il y a plus de deux semaines et qui avait failli tout détruire. Andraste, les bras le long du corps, serra les poings, et deux flammes bleues gigantesques jaillirent de ses mains et vinrent lécher ses bras jusqu'aux épaules. Tout le monde recula de stupeur dans une exclamation et des murmures. Enkil, toujours assis sur son tabouret, leva les sourcils tandis qu'Emma se blottissait contre lui. Karthagena, interdite, s'arrêta.

« On va régler ça, toi et moi, Karthagena. »

Chapitre 14

Et les flammes s'éteignirent brutalement. Andraste se détourna pour se diriger vers la chambre de Sigrid, et laissa la porte ouverte.

Enkil se leva et apostropha la jeune tenancière qui n'avait pas bougé.

« Kartha… Kranios est mort. Et nous héritons d'une magicienne. Penses-y. »

La jeune femme, les yeux toujours fixés sur la porte, monta silencieusement les marches tandis que les hommes guettaient ses mouvements, inquiets.

Andraste se tenait devant le rideau de Sigrid, campée sur ses jambes, et bras croisés. Karthagena entra furibonde, et claqua violemment la porte.

« Éloigne-toi de ce rideau. »

La jeune magicienne tourna tranquillement la tête et recula sans se presser en observant Karthagena qui s'approchait. Elle avait devant elle un serpent venimeux prêt à la mordre. Andraste attaqua la première, en levant la main, elle projeta sa force contre elle et la plaqua contre le mur.

« Tu vas me laisser partir. J'ai largement payé mes dettes envers toi. »

Mais la jeune femme protesta, les yeux exorbités, et fit un effort surhumain pour essayer de parler. Andraste desserra légèrement sa prise.

« Un rebut n'a jamais fini de payer ses dettes. Mère ! Déploie ta magie ! »

Mais Sigrid murmura.

« Non. On a besoin d'elle. J'ai besoin d'elle. »

Le beau visage de Karthagena s'abîma dans un rictus d'incrédulité et de colère.

« Quoi ? Mais...

— Laisse-la partir. »

Andraste relâcha son étreinte et la jeune femme aux cheveux auburn et épars se pencha en avant pour reprendre son souffle. La sueur perlait sur son front. Elle porta sa main sur son cœur dans un râle bizarre. Andraste l'observait toujours, impassible. Se contenir. Il ne fallait pas la blesser. Mais Karthagena leva la tête, et murmura entre ses dents :

« Jamais. »

Elle se jeta sur Andraste en levant une dague qu'elle avait tirée de son décolleté. Mais cette dernière leva la main et cette fois, elle la souleva de terre pour la coller au mur. Les cloisons vibrèrent sous le choc. Karthagena lui dit, comme dans un sifflement :

« Les magiciennes n'ont pas le droit d'utiliser la magie pour faire du mal. Tu seras maudite ! »

Mais Andraste la leva un peu plus haut, sa tête touchant presque le plafond maintenant.

« Qu'est-ce qui te fait croire que je ne le suis pas déjà ? »

Karthagena ouvrit les yeux de peur, et la jeune magicienne, qui sentait la force du hêka déferler par vagues dans ses veines, murmura entre ses dents :

« Et qu'est-ce que j'aurais à perdre alors ? »

Elle sentit la rage bouillir en elle, et un instant, sa volonté de se contrôler fléchit. Elle saisit son médaillon, fermant une fraction de seconde les paupières. Non ! Et elle rouvrit les yeux pour voir la tenancière des lieux, livide, sur le point de s'évanouir. Andraste baissa brutalement le bras, et relâcha son poing. Elle s'effondra cette fois-ci, et eut à peine la force de se relever quand l'ancienne novice de la Caste posa un genou à terre à côté d'elle. La sueur perlait sur le front de Karthagena, ses cheveux défaits collaient à sa gorge qui palpitait, cherchant l'air.

« Qui a été enlevé par la milice ?

— Kyeudren. »

La jeune magicienne se tourna vers le rideau, encore aux aguets.

« Comment le récupérer ? »

Sigrid écarta le pan de tissu, et se leva de son fauteuil où elle s'était assise.

« Tu ne peux pas. Laisse-le là où il est. Nous avons un pacte. Toi et moi.

— Très bien. »

Karthagena hoqueta. Ce fut comme si la foudre l'avait frappée.

« Quel pacte ? »

Andraste allait se relever, mais elle regarda sa rivale et lui dit :

« J'ai compris il y a peu qu'il y a bien pire que les malédictions : être à la merci d'individus tels que toi. Si tu te mets en travers de mon chemin, je te tuerai. Nous nous ressemblons tellement, Karthagena. Nous aurions pu être comme des sœurs... Qui sait... un jour nous serons réunies sous d'autres auspices. »

Andraste se releva, et s'approcha de la vieille femme aux longs cheveux roux. Sigrid présenta son grimoire à la couverture défraîchie. La jeune magicienne, désormais affranchie des règles, n'hésita pas. Regardant droit dans les yeux la sorcière rouge, elle posa ses mains dessus. Sigrid ferma les yeux, renversant légèrement la tête en arrière, et Andraste sentit une force prendre possession de son corps, vriller ses chevilles au sol et remonter jusqu'à sa poitrine. Elle ne contrôlait plus rien. Les mots s'infiltraient en elle, les souvenirs aussi.

« Laisse faire, absorbe… Si tu essaies de te retenir maintenant, tu absorberas moins », murmura Sigrid.

Andraste n'existait plus, sentant sa bouche s'entrouvrir, son corps s'arquer comme un arc tendu. Elle vit les formules, les dessins, les symboles défiler devant ses yeux sans pouvoir les arrêter. Puis soudain, les forces se retirèrent d'elle, et elle chercha son équilibre quelques secondes. Sigrid murmura, comme pour elle-même, avant de refermer le grimoire d'un coup sec :

« Bénie soit celle qui a la double lignée d'Aradia. »

Et d'un geste, elle le fit disparaître. Andraste inspira, et ouvrit lentement les paupières. Sigrid eut un sourire de satisfaction en voyant l'iris de la jeune femme complètement dilatée, et à la teinte légèrement rouge.

Andraste saisit son médaillon. Non, elle n'était pas devenue une sorcière rouge. Elle savait qui elle était. *Vraiment ? Le sais-tu ?* murmura une voix dans sa tête. Andraste ferma les yeux une fraction de seconde. *Je sais qui je veux être.*

La jeune magicienne hocha la tête, échangeant un dernier regard avec Sigrid, et sortit.

« Mère… comment avez-vous pu ? J'ai failli tout perdre à cause d'elle, et vous… vous lui avez donné votre savoir ! »

Elle se releva péniblement, et se dressa devant sa mère, la femme qui l'avait recueillie et élevée. Cette femme en qui elle avait toujours eu toute confiance.

« Toute pression que je pouvais avoir sur le sénateur… toutes ces informations que je lui ai données, tous ces services rendus…, je n'ai plus aucune carte à jouer.

— Je ne t'ai pas sorti de mes entrailles, mais tu es comme ma fille, Kartha. Fais-moi confiance. Rien n'est jamais perdu. »

La jeune femme ferma les yeux. Elle se sentit soudain vidée.

« Assieds-toi », lui dit Sigrid en tendant un bras.

Karthagena se laissa choir dans le fauteuil, désespérée.

Toutes ces nuits avec Elijah, ces intrigues, tisser des liens avec les notables, dont dame Sirice qui a disparu… Non pas qu'elle n'appréciât pas ces moments avec le sénateur, mais elle n'avait jamais été certaine de cet appui. Jusqu'à récemment. La fièvre conquérante semblait avoir pris possession de la tête du jeune sénateur, et avait éveillé en elle des sentiments associés à son désir d'ambition. Sigrid se mit à lui passer doucement la main sur le front.

« Là… Abandonne-toi. »

Et la sorcière crispa ses doigts autour de la tête de sa fille, comme tirant sur des fils invisibles.

« Ma petite Kartha… si fière, si intelligente, si belle… »

La jeune femme s'abandonna. C'était comme si sa tête se vidait.

« Il y a d'autres voies que l'on ne soupçonne pas… »

Le visage d'Andraste et ceux des rebuts s'effacèrent de sa tête.

« Des chemins inespérés se croisent… et refaçonnent les destinées. »

Karthagena plongeait dans un espace sombre, où, sans mur et sans repère, elle attendait. Soudain, un jeune homme aux cheveux blonds se dressa devant elle. Des traits magnifiques, il portait une tenue blanche, la tenue des novices. Il lui tendit la main d'un air enjôleur.

« Des opportunités à saisir… »

Karthagena ouvrit brusquement les yeux en se redressant.

« Qui est-ce ?

— Quelqu'un qui peut nous aider. Qui est déjà fils de sénateur…, et qui nous permettra de continuer à œuvrer dans l'ombre. »

La jeune femme battit des cils, incrédule. Sa mère ne l'avait jamais formée aux arts magiques. Mais elle se promit d'y remédier afin qu'elle ait, elle aussi, accès aux registres de la Destinée. Si cette fille, sortie de nulle part, avait eu le droit d'accéder au grimoire, pourquoi pas elle ? Elle repoussa le visage d'Andraste qui apparut brièvement dans son esprit, toute son attention à présent focalisée sur ce jeune homme, plutôt séduisant. Mais pourrait-il lui faire oublier Elijah ?

**

Andraste avait rapidement fait le tour de sa chambre, mais s'était rendue à l'évidence. À part son médaillon et ses arpents, elle n'avait rien. Liguria l'avait attrapée dans le couloir, et lui avait serré le bras dans un remerciement silencieux. Enkil hocha la tête à son intention, et la suivit dehors, au milieu du silence anxieux des rebuts. Allait-elle les frapper de la foudre ? Est-ce que ce qu'on disait sur la Caste était vrai ? Andraste entendait le bruissement des pensées dans sa tête, et elle dut fermer son esprit pour ne pas se laisser envahir. La magie contenue dans le grimoire de Sigrid commençait déjà à faire son effet. Elle se sentait fébrile et remuée dans tout son être par la magie, et la connaissance qu'elle avait ingérée. Pourquoi la Caste n'utilisait-elle pas cette méthode pour enseigner ? *Parce que tu n'es pas normale, le médaillon t'aide à te contrôler. Si tu ne l'avais pas, tu n'aurais peut-être pas supporté.*

Andraste s'arrêta en haut de l'escalier, dans le silence qui s'abattit dans la salle.

« On vous appelle les rebuts. Mais ce n'est pas ce que vous êtes. Des voleurs. Des assassins. Ce qu'il reste de Samatya. Ceux qui veulent vivre comme ils l'entendent. Ceux qui veulent rester libres. »

Elle descendit les marches d'un pas décidé et fendit la foule.

« Que ceux qui veulent quitter cet endroit pourri me suivent. »

Et elle descendit le reste de l'escalier. Les rebuts s'interrogèrent du regard et la suivirent, plus mus par la curiosité que par le courage.

Andraste marchait à la tête d'une armée d'ombres silencieuses. Le bruit de leur pas éteint par la poussière, ils ne disaient mot. Qu'est-ce qu'elle croyait, la magicienne ? Qu'elle allait leur ouvrir la porte sud ? Certains s'étaient fait fracasser la tête par le géant. Certains ralentirent au souvenir de ces récits malheureux de rencontre avec ce géant. Celui-ci se réveilla, émergeant des blocs de pierre qui s'assemblaient dans un grondement sourd. Ils se figèrent tous, sauf Andraste qui se mit à courir. Fol qui avait rejoint la troupe murmura :

« Elle est folle. Complètement folle. »

Un frisson de stupeur se répandit parmi les rebuts lorsqu'elle escalada, pierre après pierre, le géant dont les poings se refermèrent dans le vide. Quand Andraste arriva sur son épaule, elle sauta pour arriver sur sa nuque, et après une inspiration, abattit son poing chargé de hêka à la base du cou. Une lueur bleutée fissura la créature de l'intérieur en s'insinuant dans les veines de la pierre et la fit éclater. Le géant, après une protestation gutturale, s'effondra en un tas de gravats inanimés. Andraste sut garder son équilibre et sauta sur la terre ferme pour s'avancer devant les rebuts. Elle s'arrêta à quelques mètres devant les yeux incrédules et dit d'une voix forte :

« La voie du sud vous est ouverte. Soyez discrets. Et lorsque la résistance vous appellera à l'aide, rappelez-vous de mon nom. Andraste. Celle qui vous a ouvert la voie. »

Les rebuts, un à un, firent un signe de tête, et disparurent dans la brume qui hantait jour et nuit l'ancienne cité royale. Seuls Enkil, Fol, et Liguria restèrent.

« Vous êtes libres.

— Je reste. Je suis toujours en affaires avec Karthagena », dit Enkil, bras croisés sur sa poitrine.

Andraste eut un petit sourire. Bien sûr qu'il ne voulait pas quitter Imani, il y avait Emma. Fol eut un petit mouvement du menton et s'exclama goguenard :

« Eh bien ! Si tous les voleurs et les assassins quittent la ville, il y aura plus de boulot pour nous. Ça me va. On va pouvoir augmenter nos tarifs. »

Il la regarda de bas en haut, comme s'il la jaugeait pour la première fois. Fol leva un sourcil suspicieux, mais complice :

« Je savais bien qu'il y avait un truc chez toi de pas normal. »

Puis il tourna les talons. Liguria la regarda pensivement, ouvrit la bouche pour dire quelque chose mais se ravisa. À son tour, elle allait se détourner lorsqu'Andraste l'arrêta:

« Liguria, tu n'es pas obligée de retourner là bas.

— C'est le seul foyer que je connais. Et ça me convient très bien de chanter pour les rebuts. Enfin, s'il en reste.

— Ne retourne pas... là haut. »

Liguria revint sur ses pas et serra de sa main le bras d'Andraste.

« Ne t'inquiète pas pour moi. Je suis là depuis plus longtemps que toi. »

Elle se détourna et lui lança d'un air moqueur :

« Et moi, je sais gérer mes émotions ! »

Andraste sourit. Effectivement Liguria ne craignait rien. Elle était pucée, sous la protection de Sigrid. Si la milice revenait, la sorcière rouge la protègerait. Seul Enkil la regardait, les bras croisés. Andraste attendit, puis le voyant rester, comprit et s'exclama :

« Je croyais que tu voulais rester à Imani ?

— Tu t'es fait remarquer comme il faut, gamine... Tu sais où poser tes fesses ce soir ? Je peux te montrer quelques endroits où crécher.

— J'ai ma petite idée...

— Tu vas pas utiliser ta magie, hein ? Tu sais que la milice va te repérer tout de suite ?

— Sigrid m'a livré son secret. Le secret pour rendre la magie indétectable.

— En échange de quoi ?

— Je vais lui rendre un petit service. Qui va me faire du bien, à moi aussi. »

Enkil hocha la tête en changeant son sac d'épaule.

« Dis-moi gamine, comment je te contacte ?

— Tu me dis maintenant notre prochaine mission.

— Tu veux pas me dire où tu vas ? »

Andraste hésita. Elle avait senti une pointe d'inquiétude dans la voix du géant débonnaire. Il méritait sa confiance après tout ce qu'il avait fait pour elle. Elle avait payé ses dettes envers lui, mais restait liée. Elle l'invita du regard et ils longèrent l'enceinte extérieure en silence jusqu'au présidium. Enkil s'arrêta devant le bâtiment qu'elle avait choisi.

« Tu plaisantes ?

— Pas du tout. C'est toi qui m'as donné l'idée.

— Ah bon ?

— Un Danaikvas en plein cœur de Renova. Faraoh ne le croira jamais. »

Enkil haussa les épaules et se renfrogna :

« Je suis davantage humain maintenant. Avant, nous étions plus grands.

— Ne sois pas nostalgique Enkil, tu n'aurais jamais pu entrer dans les cuisses d'Emma. »

Enkil s'arrêta net au trait d'Andraste, écarquilla les yeux, et partit d'un rire à gorge déployée. Les pauvres hères, recroquevillés sur les marches de la place publique, les regardèrent effarés.

« Alors, tu vas prendre l'ancien palais de justice ?

— Non. J'en ai marre de vivre comme une pouilleuse. »

Andraste se dirigea droit vers l'ancienne demeure des rois. Enkil s'arrêta une fraction de seconde sur le seuil avant de la suivre, dubitatif.

« Pourquoi tu as choisi cet endroit ?

— Je ne sais pas.

— Certains disent que cet endroit est maudit. »

Elle ricana, puis son sourire s'effaça, et elle devint pensive.

« Les prophéties…, les malédictions… Tu y crois, Enkil ? »

Il ne répondit rien. Elle poursuivit d'une voix mélancolique :

« Je crois que les dieux ne m'ont pas à la bonne.

— Ils ont oublié ce lieu en tout cas.

— Ça me va. »

Leurs voix résonnaient dans les plafonds parmi les colonnes en marbre bleu. Andraste parcourut du regard les fresques, complètement défraîchies par le temps, et les graffitis. Elle sentit sa gorge se nouer en découvrant des hauts-reliefs au-dessus des peintures, narrant les exploits des rois Antarès et Hizaion.

« Tu les as connus, Enkil ?

— J'ai assisté une fois à une audience du roi… Il avait l'air d'être sage et bon. »

Ils étaient arrivés à la salle d'audience royale. Andraste embrassa du regard l'espace qui s'ouvrait devant elle. Des dalles au curieux motif en arabesque avaient été fracassées. Deux trônes d'égales tailles siégeaient côte à côte, en haut de trois marches. Oui. Siéger à quelques centimètres de ses sujets prouvait l'humilité du roi. Derrière les trônes, des dalles avaient été complètement éventrées, et avaient noirci.

« Qu'est-ce qui s'est passé, Enkil, toi qui étais là ? »

Le géant poussa doucement une herbe aux feuilles rondes qui avait poussé entre deux dalles.

« La peur. La peur de reconnaître la vérité, aussi horrible soit-elle. La peur de voir à quel point la situation s'était dégradée. La peur de ne pas prendre les bonnes décisions qui sont souvent les plus dures. »

Andraste pointa du doigt l'espace derrière les deux trônes.

« Je te parle de ça ! Qu'est-ce qui s'est passé derrière les sièges ?

— Oh, ça… c'est le miroir du Myrthe. Il a été enlevé et mis je ne sais où. Une sacrée relique qui valait son pesant d'or… »

Andraste garda le silence sur ce qu'elle avait vu dans le temple sabian. L'image de sa mère vint brièvement perturber son esprit. Enkil continuait, exalté, à dérouler le fil de ses souvenirs :

« C'était magnifique. Cet arbre majestueux, ses fleurs plantées par les Sabians enchâssaient le miroir, lui-même serti de lapis-lazuli… Un parfum divin et rafraîchissant régnait, et les étoiles scintillaient au-dessus des héritiers légitimes, génération après génération. »

Enkil s'était avancé, sa voix, soudain enfiévrée, résonnait haut, redonnant vie au passé glorieux de Samatya.

« Là, les conseillers et les ministres, ici les courtisans. La princesse sabian et sa délégation…

— Répète.

— La princesse sabian et…

— Non, sur le miroir.

— Les étoiles scintillaient dans le miroir en présence des héritiers légitimes du trône. Ce sont les Sabians qui ont créé et offert le miroir aux Daikinis qui leur ont succédé sur le trône. C'est le miroir qui disait quelle race pouvait monter sur le trône. D'abord les Dakinis puis les Danaikvas et ainsi de suite… Pas con comme système, si tu veux mon avis. Au moins, personne ne décidait, c'était le miroir qui désignait qui devait être roi ou reine. »

Andraste chancela. Le sang avait quitté son visage. Elle n'était plus sûre de ce qu'elle avait vu. Non, c'était impossible.

« Qu'est-ce qu'il y a ?

— Quoi ?

— T'es pâle. J'veux dire... encore pire que d'habitude.

— Merci, Enkil. Je... As-tu vu les filles du roi ?

— Oui. »

Andraste sentit son cœur battre plus fort.

« À quoi elles ressemblaient ? Décris-les-moi...

— Je vais faire mieux que ça. Je vais te les montrer. »

Enkil se dirigea vers l'estrade, et la contourna. Ce qu'Andraste avait pris pour une simple gravure était une porte. De la même couleur que les murs, elle était ciselée, et la patine du temps avait presque effacé les motifs. Enkil la poussa et s'engagea dans un couloir. Andraste l'y suivit. Là, au mur, les portraits s'alignaient dans une galerie aux murs qui avaient jadis été blancs. Les encadrements peints à la feuille d'or avaient été grattés, certains morceaux arrachés.

« Regarde. »

Andraste sentit son cœur cogner dans sa poitrine en découvrant la jeune femme aux yeux bleus, pensifs, les longs cheveux noirs, le front large, le teint pâle. Elle lut à voix haute son nom. Son nom qu'elle rêvait de connaître depuis des années.

« Morràn. »

Épilogue

Eychel admirait les reflets du vin de *Risse* à la robe grenat dans le verre de cristal. Il l'approcha de son nez pour le humer, lorsque les deux battants de sa porte volèrent et Emrys entra, les joues rouges, les yeux brillants d'excitation.

« Maître.

— Tu as pu le suivre ? »

Eychel apprécia à plusieurs reprises l'odeur veloutée de l'alcool. Il lécherait avec délices quelques gouttes au creux des reins d'Emrys plus tard. Dans l'immédiat, elle le fixait sans mot dire.

« Eh bien ? » dit-il avec humeur.

Cette dernière s'assit sur le rebord du bureau, si lisse que sa silhouette se reflétait.

« Il prépare quelque chose avec les rebuts. Il s'allie à Karthagena. »

Eychel attendait. À voir l'expression d'Emrys, elle avait encore plus à révéler.

« Il y a une fille », dit-elle, presque déçue de ne pas susciter plus de réaction de la part de son protecteur.

Elle se redressa et posa ses poings sur la table, forçant Eychel à fixer ses prunelles aux reflets noisette.

« Il y a une fille. Et elle fait des choses incroyables. Elle pratique… la magie. »

Eychel cilla.

« Et elle peut rallier les rebuts. »

Eychel eut un sourire et reporta son regard sur les reflets du vin moiré pour le sonder.

Le jeu se réorganisait en bas. Peut-être était-il temps d'avancer un pion ou deux.

Remerciements

Cela fait maintenant quinze ans que ce personnage d'Andraste, à la fois attendrissante, drôle, courageuse, pleine d'hubris et insolente vit en moi. Et page après page, je me rends compte à quel point elle a évolué autant que moi. Enfin ce tome 2 ! Je sais que j'ai mis beaucoup de temps à l'écrire, mais certaines histoires, certaines scènes et personnages ont besoin de temps pour arriver à maturation. Merci cher lecteur de ta patience ! Tu peux lire d'autres récits d'Hizaion à la fois sur mon site www.dianemcneele.com et découvrir d'autres histoires sur ma chaîne YouTube.

Je dois également remercier les membres de ma famille, soutien depuis les premiers chapitres, qui savent me garder les pieds sur terre, car j'ai un peu trop tendance à rester sur « ma planète », comme ils disent. Merci également à Juliette G, tu m'as accompagnée depuis mes débuts de romancière, tu es si talentueuse, et tu m'as tellement soutenue, je suis fière de t'appeler mon amie. Merci également toi, ma très chère Mylène, pour ton soutien indéfectible. Tu es véritablement mon *Samwise Gamegie* et nous les écrivains avons véritablement besoin de gens comme toi quand nous nous engageons dans l'écriture d'un roman qui est un véritable *Mordor*.

Enfin un grand merci à Maya aux Pays des livres pour ta justesse de point de vue, ta précision et tes encouragements qui ont su tirer de moi les derniers ajustements pour ce roman.

Il ne me reste plus qu'à m'atteler à l'écriture du tome 3…

Diane McNeele.

Montpellier, Décembre 2018.

PERSONNAGES

Andraste : ancienne novice de la Caste des prêtres. Rebelle qui a développé des pouvoirs magiques de grande envergure.

Lyandre : elfe et protecteur d'Andraste, de la lignée royale elfique. À présent membre de la milice.

Nagos : capitaine de la Milice, département de lutte contre les dérives sectaires.

Luderik : fidèle adjoint de Nagos, milicien.

Elijah : fils de Faraoh. Sénateur au Sénat. Amant de Karthagena.

Liguria : barde et fille adoptive de Sigrid. Père inconnu, mère décédée.

Karthagena : tenancière officielle d'Imani, taverne cachée dans les bas-fonds de Samatya.

Sigrid : Sorcière rouge ayant collaboré avec Faraoh. Sœur de Cassandra. Mère adoptive de Liguria et de Karthagena

Vaystran : frère de Lyandre, fils de Goiri. Décédé lors de la bataille de Goiri.

Aman : chef de la Shunga, le cercle resreint des hauts prêtres, les Sages. Ceux qui décident.

Enkil : géant de la race des Danaikvas, et recelleur de reliques.

Eychel : Sénateur au Sénat, et riche notable de la ville. Ancien rebut.

Swig : rebut appelé Swig le sans peau, maître du presidium, partie basse de la ville de Samatya.

LEXIQUE

Hêka : force vitale source de magie inhérente à tout élément des terres d'Hizaion (plante, cristal, être vivant.) Le hêka est davantage présent chez les créatures magiques, et les individus sélectionnés par la Caste des prêtres.

Yâtra : pratique magique consistant en une sortie de l'Esprit de la personne, tandis que le corps repose. Le yâtra nécessite une protection autour du corps physique, pour tenir éloigné les démons ou esprits errants qui pourraient vouloir prendre possession du corps physique à l'abandon.

Etheldrede : forêt millénaire de plusieurs centaines de kilomètres, comportant en son sein le premier temps construit par les Sabians, ainsi que le lieu de formation et d'initiation des prêtres, le foyer.

Shunga : conseil restreint des Sages de la Caste. Au nombre de 4, avec un individu à la tête.